A M.LE COMTE DE VIBRAYE.

LA VIE,

ET LES

AVENTURES

DE

JOSEPH THOMPSON,

TRADUIT DE L'ANGLOIS.

TROISIEME PARTIE.

A AMSTERDAM,

CHEZ J. H. SCHNEIDER.

M. DCC. LXII.

TABLE
DES CHAPITRES.

Contenus dans la troisieme Partie.

III. Partie. a

TABLE

Fin de la Table de la troisieme Partie.

LA

LA VIE
ET LES
AVENTURES
DE
JOSEPH THOMPSON.

CHAPITRE XXXVI.

Il se livre à l'inclination de boire. Mort de
M. Deacon, qui le jette dans un triste
embarras. Il est arrêté & conduit à Spun-
ging-House. Comment il y est traité. Il
se fait transférer à la Flotte. Les raisons
qu'il en eut.

A langueur stupide de mon ame,
& le trouble continuel de mes
esprits, qui me tourmentoient
sans cesse, me jetterent à la fin
dans une insensibilité parfaite.
Je me rendois tous les soirs machinalement
dans quelques sociétés, où je contractai

III. Partie.   A

l'habitude la plus baſſe & la plus indigne d'un honnête homme, je veux dire, la paſſion de boire. Je goûtai leurs diſcours, & je ſentis une eſpece de conſolation & de plaiſir à dire, à propos de rien, des choſes qui n'avoient point de ſens ; & lorſque le vin ou la bierre ne ſuffiſoient pas pour étourdir mon chagrin, j'avois recours aux liqueurs, & j'en pris ſi bien l'habitude que j'en avois toujours dans ma chambre : il eſt ſurprenant même que cette boiſſon ne m'ait pas donné la mort. Qui l'auroit cru ? L'ambition, & toutes les autres paſſions qui engagent à faire des actions louables, étoient mortes en moi : abſorbé dans les triſtes réflexions que je faiſois ſur mes malheurs, je ne ſongeois plus ni à ma réputation, ni à ma fortune, ni à mon bonheur. Quel état fâcheux ! ces liqueurs maudites n'avoient pas plutôt fait leur effet, que je me trouvois replongé dans le même état qu'auparavant, d'où je ne pouvois ſortir qu'en recommençant à boire.

Telle étoit ma ſituation, lorſqu'on vint me dire un matin que le pauvre M. Deacon, qui, comme je l'ai déjà remarqué, avoit un peu trop de penchant pour le vin, étoit mort ſubitement, dans ſon magaſin, d'une attaque d'apoplexie : il avoit eu quelques avant-coureurs de cette maladie fâcheuſe, qui lui avoient fait prendre différentes fois la réſolution de ſe corriger : jamais il n'avoit eu aſſez de force ſur lui-même pour rompre l'habitude de ſes débauches du ſoir, & il en fut la victime.

La mort d'un si digne homme, qui avoit
our mon pere une espece d'adoration, &
ui, par cette raison, avoit été pour moi
n très-bon ami, m'affligea beaucoup ; mais
e ne fus pas long-tems sans me convaincre
mes dépens, que mon imprudence alloit
e rendre les suites de cette mort beaucoup
lus sensibles.

Il y avoit deux mois que M. Deacon
'étoit trouvé hors d'état de faire face à un
aiement considérable. Il lui manquoit six
ens livres sterlings pour satisfaire à une
ette dont on demandoit le paiement. Son
mitié pour mon pere & pour moi ne me
ermit pas d'ignorer son embarras ; je lui
ffris sottement de répondre pour lui de
ette somme. Comme on sçavoit que je
evois bientôt être établi , & que mon
ere étoit un homme fort en état, il ne lui
ut pas difficile de trouver cette somme à
mprunter sous ma caution. De pareils
rrangemens, quoique fort délicats par eux-
êmes, se faisoient communément à Lon-
res , & je ne doutai point que M. Dea-
on, qui étoit riche, ne fît honneur à cette
ette avant l'échéance ; c'est pourquoi je
e pris aucune sûreté avec lui, & plein de
ontiance dans sa probité, j'oubliai les ex-
ellentes maximes que j'avois aprises pen-
ant mon aprentissage, qui sont de ne rien
onner au hazard, & de prévoir tous les
ccidens. M. Deacon étoit un parfaitement
onnête homme, j'en suis sûr ; mais ne se
ouvant point en état de retirer mon billet

auffi-tôt qu'il l'auroit dû, il avoit pris un
terme avec fon créancier pour le paiement:
de forte que je croyois l'affaire entierement
confommée, lorfque fa mort fubite me fit
connoître qu'il n'avoit point acquitté cette
fomme; & que mon billet étoit toujours
dans les mêmes mains. Je me trouvai dans
l'embarras; j'allai voir le frere de M. Deacon fon unique héritier : c'étoit un malheureux, dont l'ame étoit baffe & mercenaire ;
il prétendit que fon frere n'avoit laiffé aucune note de cette affaire fur fes livres, ni
dans fes papiers, & refufa tout net de m'en
croire fur ma parole, & de me délivrer
cette fomme : quoique je puffe dire, je fus
obligé de le quitter, & de me contenter
des reproches que ma colere & mon reffen
timent me fuggérerent. Je regardai cett
affaire comme la plus grande mortification
& je fus très - honteux de me voir ainf
trompé d'une fomme de fix cens livres fter
ling avant que d'entrer dans le monde, uni
quement pour avoir écouté mon bon cœu
& ma reconnoiffance. D'ailleurs je n'avoi
point d'argent pour acquitter cette dette
& ma réputation alloit en fouffrir. Je n'of
en parler à M. Diaper : pour mon pere
j'étois réfolu à tout, fi je ne pouvois obte
nir du tems pour payer, plutôt que de lui e
donner connoiffance. Il étoit bien fâcheu
pour moi que Prig ne fût pas alors à Lon
dres ; c'étoit un homme capable de m
donner de bons confeils dans cette circon
tance ; à l'égard de fon commis je ne po

ois pas y compter. La personne qui avoit
mon billet demandoit de l'argent à grands
cris ; je résolus donc de l'éviter, & je gardai mon apartement pendant près de quinze
jours ; mais le malheur voulut qu'un matin
j'attendois un commissionnaire qui devoit
m'aporter quelques presens de la part de
M. Goodvill , & que je ne pouvois pas
poliment me dispenser de recevoir. Une
servante de la maison vint m'avertir qu'un
homme me demandoit avec une lettre &
quelque chose dans une corbeille, je descen-
dis à l'instant, mais le sang me glaça dans
les veines, lorsque cet homme me déclara
qu'il avoit un ordre de m'arrêter à la requête
de M. Vautour banquier , & à l'instant trois
ou quatre autres gens de mauvaise mine
entrerent sans cérémonie dans mon apartement. Je sentis qu'il étoit aussi inutile qu'im-
prudent de résister ; & prenant un air tranquille, je leur demandai où ils se propo-
soient de me mener. M. me dit le plus
aparent de la troupe , ma maison est à
Grays-inn-Lane, où vous serez aussi bien
que chez vous. Ensuite il envoya chercher
un carosse, & ayant donné à mon hôte les
instructions nécessaires, en cas que quelqu'un vint me demander , je me laissai conduire dans ce lieu de dépôt. Je fus mis à
mon arrivée dans une chambre avec plusieurs autres prisonniers de l'un & de l'autre sexe, dont les uns s'amusoient à chanter
& à rire , & les autres étoient désespérés
dans l'abattement ; mais tous en aparence

s'accordoient à chercher dans le vin la guérison de leurs chagrins. Si-tôt que l'Officier m'eut quitté, l'un d'eux s'avança, & me fit en riant son compliment sur mon arrivée dans ce lieu, où il me dit être venu déjà plusieurs fois ; & voyant que j'avois l'air consterné, il ne faut point penser à cela, M. me dit-il, la moitié du monde s'est déjà trouvé dans le même cas, & le reste y viendra tôt ou tard. Venez payer votre bien-venue ; quand vous aurez un peu évaporé votre bile, vous vous trouverez tout soulagé. Je lui demandai ce qu'il entendoit par bien-venue ? Une bagatelle, me répondit-il, ce n'est que cinq ou six sols pour une jatte de punch ; c'est ce que l'on paie ordinairement, en entrant dans cette société ; je vous crois M. trop généreux pour violer les régles. Je lui donnai l'argent qu'il demandoit, & un moment après, on vit paroître le punch, que mes compagnons eurent bientôt expédié : ensuite la curiosité les porta à demander quelle étoit l'affaire qui m'avoit fait loger ; car c'est ainsi qu'ils apelloient ma détention. Je n'eus aucune envie de les satisfaire, &, à dire le vrai, leur compagnie ne me plaisoit pas beaucoup. Je fis apeller un commissionnaire pour envoyer un mot à M. Brisk, commis de M. Prig, afin de le consulter. Dans le même tems l'Officier avoit dit au geolier que j'étois en état, & que l'argent ne me tenoit point, à ce que j'ai apris depuis. En effet, il vint me trouver, & après beau-

coup de révérences & de courbettes, il me
dit que fi je voulois, il pourroit me donner
une chambre particuliere, en cas que j'ai-
maffe mieux être feul. J'acceptai fa propofition, & prenant congé de mes nouveaux
camarades, il me conduifit à une chambre
au fecond étage, où il m'enferma, & me
laiffa méditer en liberté. Jamais je ne m'é-
tois vu dans un pareil état ; mes anciens
accidens, & mon malheur prefent fe réu-
nirent pour me rendre tout-à-fait miférable. Je me figurai la douleur & les regrets
que j'allois caufer à mon pere ; je m'ima-
ginois déjà l'entendre me reprocher mon
peu de prudence & de conduite ; cette
idée me dérangeoit la tête. Enfin M. Brisk
arriva ; fa prefence me tira pour quelque
tems de mon trouble. Il me dit qu'il auroit
fouhaité que fon maître fût à Londres ;
qu'en endoffant le billet, il m'auroit donné
le tems de me retourner ; mais qu'il n'y
falloit pas penfer. Il me confeilla, attendu
l'énorme dépenfe que je devois faire dans
cet endroit, de me faire transférer à la
Flotte, jufqu'à l'arrivée de M. Prig ; que
cette précaution m'épargneroit du moins
de la dépenfe. Il me donna en même-tems
une telle idée de cette prifon, que je n'hé-
fitai point à la préférer à la vie que je menai à *Spunging-Houfe*, & que j'y mene-
rois vraifemblablement fi j'y reftois davantage ; je fuivis fon avis, & lui donnai l'argent néceffaire pour obtenir un ordre, &
me faire transférer. Heureufement j'avois

A 4

fur moi vingt guinées quand je fus arrêté ; cela foutint un peu mon courage ;
& maintenant que j'avois pris ma réfolution, je me fentois tout foulagé, lorfque
je vis entrer dans mon apartement l'Officier, à qui je dis ce que j'avois fait. Il en
parut un peu chagrin, & de mauvaife humeur ; il s'attendoit, fans doute, que pour
éviter d'aller en prifon, & obtenir de demeurer où j'étois, il pourroit tirer de moi
quelque argent : il me dit que le plaignant
fe contenteroit d'une caution, & me mar-
qua beaucoup de furprife de ce que je voulois aller à la Flotte, dont il me fit le portrait avec les couleurs les plus propres à
m'en dégoûter ; mais j'étois prévenu, & les
vingt-quatre heures n'étant point expirées,
je fçavois qu'il ne pourroit pas me conduire
à Newgate, ainfi j'étois à couvert de fa
mauvaife volonté. Cependant j'eus affez de
bonté pour lui donner une demi-guinée qui
lui fit dérider le front ; & alors prenant un
autre ton, il me dit qu'il feroit tout au
monde pour me fervir : que j'étois fort heureux d'être tombé entre fes mains ; qu'il
étoit de bonne famille, & que la mifere
feule l'avoit réduit à accepter cet emploi ;
que bien de fes confreres m'auroient conduit fur le champ à Newgate ; que pour lui
il n'étoit pas homme à profiter du malheur
des autres. Le geolier appuya tout ce qu'il
venoit de dire, & je ne pus me difpenfer
de faire venir une jatte de punch pour reconnoître leur honnêteté. Je me couchai

sur les dix heures du soir, mais je ne dormis guere : le lendemain matin M. Brisk vint me dire que mon ordre seroit expédié pour le soir ; j'en fus charmé, car il me tardoit de me voir dans un état plus libre. Sitôt qu'il fut parti, l'Officier entra, & me tirant à l'écart, il me dit que mon adversaire étoit un coquin ; que si je voulois sacrifier cinq guinées, il me feroit donner une caution, & qu'ainsi je pourrois vâquer à mes affaires : que si j'étois obligé de rester publiquement dans Londres, je pourrois plaider contre lui, & gagner au moins une année de tems. Je fus étonné de la friponnerie de ces sortes de gens, & quelque avantageuse que me pût être sa proposition, je conçus tant de haine pour ces misérables faux-fuyans, que j'aimai mieux, pour un tems, perdre ma liberté, que de les mettre en usage. Ces gens sont également injustes pour les plaignans & pour les prisonniers ; mais l'argent est leur unique Dieu, & je crois pouvoir assurer qu'il n'y en a pas un entre cent qui ait le moindre sentiment d'honneur ou de probité.

J'éprouvai le soir les extorsions qui se pratiquent dans ces maisons infernales ; on me fit payer trois schelins pour mon lit, deux pour le feu, & cinq d'extraordinaire pour ma chambre, ce qui joint au dîner, au souper & aux liqueurs, monta pour un jour & demi que je restai dans cet endroit, à plus de quarante schelins, sans compter la demi-guinée que j'avois donnée à l'Offi-

cier. Voilà les voleries que l'on souffre dans
un pays gouverné par les loix les plus sa-
ges, & dont on fait sonner si haut la liberté
& les privileges.

M. Brisk, un Sergent & le Bailly, me
conduisirent devant un Juge de paix, d'où
après les formalités ordinaires, je fus conduit à la prison sur les neuf heures du soir,
& mené aussi-tôt au guichet, où un drôle
de mauvaise mine me regardant depuis les
pieds jusqu'à la tête, comme s'il eût voulu
me dévorer des yeux, me dit qu'il étoit
guichetier, & en conséquence me demanda pour son droit, deux schelins, que je
lui payai, & une bouteille de vin pour ses
autres compagnons. Je payai aussi les droits
du concierge, à raison de deux schelins &
demi par semaine.

Ce qui m'avoit déterminé à choisir *la
Flotte*, plutôt que de rester à *Spunging-
House*, c'étoit l'espoir d'y être plus igno-
ré. Je m'en étois formé une idée comme
d'un lieu où on ne rencontroit que fort peu
de gens comme il faut, mais j'eus lieu de
m'apercevoir que j'étois dans l'erreur; car
on ne trouve pas dans une foire plus de
gens de toutes sortes : à chaque instant j'y
voyois des personnes de connoissance. Je
m'imaginai d'ailleurs que quand mon pere
viendroit à Londres, & qu'il me trouveroit dans cette situation, il en seroit plus
disposé à me laisser voyager sur mer. Je
croyois avoir assez d'argent pour subsister
jusqu'à son arrivée; on m'avoit même averti

que tout y étoit à fort bon marché, & qu'à
peine y trouvoit-on l'occafion de faire de
la dépenfe. La fuite fera voir combien je
m'étois trompé ; car je crois qu'il feroit difficile d'en dépenfer plus ailleurs : non-feulement on y trouve tout ce qui peut engager au luxe & aux extravagances , mais on
eft prefque obligé de s'y livrer. Il n'étoit
plus poffible d'en fortir quand je fis ces remarques. Ainfi nous entrâmes dans cette
maifon , & on nous introduifit d'abord dans
un Caffé affez commode , où nous aperçûmes à différentes tables plufieurs perfonnes
bien mifes qui buvoient des liqueurs.

CHAPITRE XXXVII.

Thómpfon eft peint dans le caffé. Il va à
l'auberge. Defcription des gens qu'il y
trouve. Portrait de Spéculifte. Il entre
dans fon nouvel apartement. Defcription
de ce lieu, & de la prifon en général. Di-
verfes réflexions.

A Peine nous avoit-on fervi une jatte de
punch , que je vis entrer fous différens
prétextes les uns après les autres , plufieurs
hommes que j'avois déjà vus dans le guichet , & qui après m'avoir regardé fixe-
ment , comme s'ils euffent voulu mefurer
ma hauteur , fortirent. J'exprimai ma furprife d'un pareil traitement. Ces Meffieurs ,
qui étoient prifonniers pour la plupart , en

rirent beaucoup , & m'aprirent que l'on
venoit de me *peindre* : c'eſt ainſi qu'ils
apelloient les remarques qu'avoient faites
les guichetiers ſur ma figure & mes traits,
pour me reconnoître en cas que je paſſaſſe
par les guichets. En effet, il y a tant de
monde dans cette priſon, qu'il ſeroit impoſſible , ſans cette précaution , d'empêcher qu'il ne ſe ſauvât tous les jours quelques priſonniers. Ces drôles ſont auſſi des
eſpeces d'eſpions qui inſtruiſent le geolier
de tout ce qui ſe paſſe dans l'intérieur de
cette demeure. Le maître du caffé étoit un
homme bruſque & ſingulier; nous le quittâmes pour aller au cellier, où nous deſcen-
dîmes par un petit eſcalier. Les murailles
en étoient ſi noires, & le plancher ſi bas
que je m'imaginai entrer dans le temple de
Moloch ; le tapage & le bruit que l'on y
entend, me rapella la confuſion qui regne
entre les ponts dans un vaiſſeau de guerre.
On n'a jamais vu ailleurs une troupe de
gens ſi gais; pour moi j'oubliai tout d'un
coup que j'étois en priſon, & je crus entrer à Thomkings, ou dans une loge de la
foire Saint Barthelemi. Les uns s'entrete-
noient ſérieuſement de matieres importantes, comme des moyens de tromper leurs
créanciers, & de s'échaper de priſon; d'autres maudiſſoient de tout leur cœur, les
gens ſans pitié qui les avoient fait ſouffrir
tant d'années dans la miſere & le beſoin,
ſans autre but que de ſatisfaire leur inhu-
manité; d'autres danſoient de tables en ta-

bles avec tous les fymptômes de la folie.
J'en vis, enfin, qui faifoient les beaux efprits, & qui éclatoient de rire de tout ce
qu'ils faifoient ou difoient. Les uns étoient
yvres ; d'autres fe querelloient ; ici l'on
mangeoit ; là on buvoit : en un mot, de
quelque côté qu'on jettât les yeux, on ne
découvroit rien qui pût infpirer la moindre
pitié pour leur état. L'hôte voyant que nous
étions étrangers, nous fit donner un petit
réduit : après avoir attendu quelque tems,
nous demandâmes un pot de bierre; toute
la compagnie étoit fous les armes pour voir
le nouveau prifonnier : plufieurs me vinrent prendre la main d'un air familier, &
me dirent que fi j'avois de l'argent, je ne
manquerois de rien. Ces difcours m'en-
nuyerent à la fin ; & Brisk, qui étoit déjà
venu dans cet endroit, demanda fi nous ne
pourrions pas avoir une chambre : on nous
en montra une, telle qu'on en trouve dans
une taverne où nous vîmes deux graves
perfonnages, tous deux prifonniers. L'un
étoit Sir Villiam Failer, Baronet, & l'autre le docteur Diagnoftic, Médecin. Ils me
parurent gens de bon fens, & fort étonnés
de me trouver dans cet endroit. Nous fimes
aporter du vin, & de quoi fouper. Sir Villiam & le docteur burent avec nous ; ils
nous firent l'hiftoire de la prifon, & le portrait des principaux perfonnages qui y ha-
bitoient. Ils me dirent entr'autres, qu'il y
avoit un nommé M. Spéculifte, homme de
mérite, mais fi infolent, que tous les pri-

fonniers en général le méprifoient ; enfuite
ils me confeillerent de ne point prêter d'argent , & me donnerent d'autres avis fur la
façon de me conduire dans cet endroit.
Quand il fut queftion de payer l'échot , je
m'aperçus que le Baronet & le Médecin
étoient embarraffés ; qu'ils n'avoient pas
fuffifamment d'argent fur eux , & qu'ils
étoient fâchés d'être obligés de remonter
dans leur chambre. Sur quoi Sir Villiam dit
qu'il alloit voir s'il trouveroit quelqu'un
pour lui en prêter & le difpenfer de ce
voyage. Le prenant pour un fort honnête
homme , je tirai un écu de ma poche , &
le priai de ne pas aller chercher plus loin ,
puifque je pouvois l'obliger. Ils firent quelques difficultés d'accepter ce fervice , &
enfin promirent de me rendre cet argent le
lendemain matin ; je n'en entendis plus parler , & j'apris bientôt après qu'ils étoient
connus pour des gens qui empruntoient &
ne rendoient jamais. En effet , il y a une
efpece de malédiction dans cet endroit; on
ne peut jamais porter fur foi plus d'argent
qu'il n'en faut pour fes befoins , fans quoi
on eft fûr de ne pas manquer de pratique.
Sur les dix heures on entendit crier : Qui
eft-ce qui fort ? Brisk fut obligé de partir;
& bientôt après vint un homme , avec une
paire de draps fur fon bras , qui m'avertit
de venir voir mon nouveau logement. Ju-
gez de ma furprife , lorfqu'après m'avoir
fait traverfer un paffage étroit , où l'on ref-
piroit une odeur abominable , on m'intro-

duifit dans une petite chambre qui pouvoit
bien avoir été blanchie vingt ans auparavant, mais dont les murs étoient alors fi
noirs, & fi dégradés, qu'on voyoit le jour
à travers en plufieurs endroits, ainfi qu'au
plancher, par les fentes duquel je pouvois
facilement apercevoir les étoiles. Un mé-
chant lit, une couverture toute déchirée
& falle, des draps gros & troués en cent
endroits, & une mauvaife croifée qui fer-
moit mal, deux chaifes fans doffier & une
table boiteufe compofoient tous les meu-
bles de ma chambre; j'en marquai mon
mécontentement à mon conducteur, qui
me dit d'un ton railleur, & en fecouant la
tête, qu'il n'y avoit guere de prifonniers
qui en euffent une meilleure d'abord; qu'il
ne doutoit pas que quand je fçaurois une
fois les ufages du lieu, je ne parvinffe à
me faire loger plus commodément. Je fentis tout d'un coup que j'avois fait une faute; je lui donnai une demi-couronne, je
lui promis une demi-guinée s'il me failoit
loger mieux le lendemain: il me fit une profonde révérence, & me dit obligeamment
qu'il verroit ce qu'on pourroit faire pour
moi.

Le lendemain je me levai de fort bonne
heure; la méchanceté de mon logement,
& le bruit continuel des prifonniers ivres,
qui ne firent que roder & fe quereller toute
la nuit dans les galleries voifines, m'a-
voient empêché de fermer l'œil. Je voulus
examiner la prifon, & en vérité je n'avois

rien vu de ma vie de fi affreux. Je rencontrai le médecin avec qui j'avois foupé la
veille ; il m'en fit voir tous les recoins , &
me harangua long-tems pour me convaincre de la néceffité de prendre de l'exercice
dans cet endroit pour conferver la fanté.
Il me recommanda fur-tout de jouer du
fifre , ce qui me fit connoître que ce docteur étoit un charlatan, & que c'étoit par
ce moyen qu'il s'entretenoit.

Rien n'eft fi ennuyeux pour un homme
qui penfe , & qui fait ufage de fa raifon ,
que de traîner une vie miférable dans une
prifon. Quoi de plus horrible que de fe
voir lié d'une interdiction civile , & de
penfer que l'on eft féqueftré d'avec le
refte du genre-humain , comme un homme qui a cherché à détruire la fortune des
autres ? Rien ne peut égaler cette idée
terrible : fi ce n'eft peut-être celle d'un
créancier impitoyable , qui, à l'abri des
loix dont il abufe, fe rend à toute heure le
bourreau d'une honnête & malheureufe
famille , que des accidens feuls ont mis
hors d'état payer.

Je trouvai à la Flotte des perfonnes de
tout état , de tout métier , & prefque de
toute religion ; un homme de goût ne man-
que pas d'y trouver une compagnie affez
agréable : les uns s'y font retirés pour fe
mettre à l'abri & affurer à eux , ou leurs
héritiers , les débris d'une fortune qui devroit être bien plutôt abandonnée à leurs
créanciers qu'ils ont ruinés ; le plus grand
                                    nombre

nombre eſt celui des malheureux dont j'ai
déjà parlé, & dont la ſituation mérite vrai-
ment qu'on en ait pitié. L'honnête homme
y ſouffre ; on y voit le deſeſpoir & la mort
peints ſur ſon viſage, & il y paſſe ſa vie
à déplorer ſes malheurs ; d'autres étouffent
dans le vin & dans la débauche, tous ſentimens de pudeur & de repentir de leurs
crimes, & font de leur priſon un véritable
enfer, pour tous ceux qui les entourent,
& à qui il reſte de l'honneur.

Juſte ciel ! Quand verra-t-on arriver
l'heureux tems où les hommes ceſſeront de
déchirer & de tourmenter leurs freres ?
les lions ne devorent point les lions, &
les tigres aiment leur eſpece. Les bêtes ſau-
vages errantes dans les deſerts, avec des
yeux farouches pour chercher une proie
néceſſaire à leur ſubſiſtance, épargnent
toujours leurs ſemblables, & ne font point
la guerre à leurs freres ; mais les hommes
ſans reconnoiſſance pour tous les biens
qu'ils ont reçus, dégradent leur ame, &
triomphent de la miſere des autres hommes ; on les voit rarement émus de pitié,
répandre des larmes ſur les accidens des
autres.

A l'heure du dîner Sir William vint me
joindre dans la cour, & me dit qu'il y
avoit un bon ordinaire à l'auberge où il
dînoit ordinairement avec d'autres perſon-
nes de bonne ſociété ; & qu'il eſpéroit que
je lui ferois le plaiſir de m'y trouver. Je
n'avois alors beſoin ni de boire ni de man-

III. Partie. B

ger , & j'étois abſorbé dans des réflexions
triſtes ſur mon état paſſé , & ſur les accidens divers que j'avois eſſuyés à chaque
pas. Cette invitation me tira de ma rêve-
rie , & me fit appercevoir qu'il falloit donner quelque choſe aux beſoins de la nature. Je l'accompagnai à l'auberge , où on
nous donna un repas aſſez propre , & à bon
marché ; & je trouvai que la compagnie
méritoit des éloges : la ſeule choſe qui me
révolta , fut qu'on y donnoit l'eſſor à ſon
eſprit , & que l'on y violoit les régles de
la modeſtie & de la décence ; mais n'étant
point diſpoſé à vivre en cynique , je me
promis d'y aller dîner tant qu'il s'y trouveroit bonne compagnie.

CHAPITRE XXXVIII.

Thompſon prend un autre apartement, ren-
contre Spéculiſte , fait des extravagan-
ces , perd ſon argent , a du bruit , ren-
verſe ſon ennemi & le bat , ſe trouve
dans un grand beſoin , vend ſes habits
piece à piece.

L E lendemain matin le domeſtique preſ-
ſé d'avoir la demi-piece que je lui avois
promiſe , me conduiſit à une autre chambre plus commode & en meilleur air : elle
donnoit ſur le préau ; je jugeai à propos
d'y régaler Sir William , le docteur , &
deux ou trois autres de mes compagnons

d'auberge. J'allois l'après midi pour les en
prier , lorsque je rencontrai au bout de la
gallerie Spéculiste nez à nez. Il s'arrêta ,
& fit un grand éclat de rire , en s'écriant :
Hélas ! M. Thompson , qui auroit jamais
cru vous rencontrer ici ? Venez , mon ami ,
oublions nos anciennes animosités , & puis-
que la fortune nous a réduits dans la même
situation , vivons aussi unis que nous pour-
rons ; tâchons de nous rendre réciproquement , dans cette maison , tous les petits
services dont nous serons capables. Ma
rancune ne put pas tenir contre sa bonne
humeur , & je lui donnai la main : aussi
bien je voyois qu'il étoit impossible de l'é-
viter ; nous pouvions nous rencontrer à
chaque instant ; il s'en faut beaucoup que
je sois vindicatif : cependant je me promis
bien d'éviter sa société tant que je pourrois , & de ne m'entretenir avec lui , qu'a-
vec les plus grandes précautions. Après lui
avoir fait voir mon appartement , il me
mena dans sa chambre , qui me parut une
des meilleures de la prison , & très-bien
meublée. Nous y bûmes un peu de liqueurs , & nous nous séparâmes. Je ne fus
pas long-tems sans m'appercevoir qu'avec
la compagnie , dans laquelle je me trouvois , il me seroit impossible de vivre fru-
galement ; & quoique nos repas fussent d'un
prix assez raisonnable , la nécessité d'employer le tems , & la gaieté de la table ,
nous forçoit de boire & de veiller un peu
tard ; & j'eus bientôt contracté l'habitude

de fréquenter des affemblées qui fe tenoient dans prefque tous les recoins de la
prifon : il étoit rare que j'en fortiffe fans
une demi couronne de dépenfe à chaque
féance , & quelquefois même je n'en étois
pas quitte pour le double. Je jouai fréquem-
ment au Whift ; & comme j'avois affaire
à des gens beaucoup plus habiles à ce jeu
que moi , je ne laiffai pas d'y perdre affez
d'argent ; de maniere que mes petits fonds
furent prefque épuifés en fix femaines de
tems. Je commençai à apréhender qu'ils ne
duraffent pas auffi long-tems que mes befoins. Cette penfée m'affligea d'autant plus ,
que je voyois tous les jours des exemples
de mifere & de pauvreté dans cette prifon , où l'argent , & l'argent feul nous at-
tire les égards , les fervices & les attentions des autres prifonniers. Je ne recevois
de vifite que de Brisk , à qui j'avois fait
promettre de ne rien aprendre de mon
aventure à fon maître , jufqu'à fon retour.
Quant à mon pere & à M. Diaper , je leur
écrivois comme de coutume , de forte qu'ils
n'avoient aucun foupçon de ce qui m'étoit
arrivé. Je me trouvois engagé dans un cercle de compagnie & d'amufemens de toutes
les fortes ; & je m'y livrois volontiers dans
la crainte que mon humeur mélancolique
& ma trifteffe ne revinffent , pour le peu
que je m'abandonnaffe à réfléchir fur la
perte de ma chere Louife. Cette idée étoit
toujours dominante dans mon cœur , & ce
n'étoit qu'à force d'art que je pouvois en

écarter le fouvenir. Telle étoit ma fituation , quand un foir me trouvant en compagnie à l'auberge, j'eus une difpute avec
le Capitaine Bully , Officier d'un régiment
en pied , qui me traita fort durement ,
pour avoir dit qu'il ne convenoit point à
un Gentilhomme de jurer à tous momens
dans la converfation. Le Capitaine étoit
un fot & un brutal ; mais il s'étoit fi bien
tiré de tous les combats de lutte qu'il avoit
livrés , qu'il étoit devenu la terreur , &
en même-tems le Dom Quichotte de tous
fes compagnons. Parbleu , M. me dit-il, je
voudrois bien fçavoir qui vous a établi ré-
formateur de cette maifon ; je jurerai ,
Monfieur, quand il me plaira ; je fuis Gentilhomme, mon état fuffit pour vous en
convaincre. Capitaine , lui répondis-je ,
je n'ai prétendu choquer perfonne en particulier , mais je n'en infifterai pas moins
fur ce que j'ai dit , & je fuis fâché de voir
qu'il y ait ici des gens affez fots pour dire
le contraire. Comment morbleu , fot, que
voulez-vous dire par-là ? Sot vous-même ;
j'ai reçu une auffi bonne éducation que
vous , & s'il n'eft queftion que d'entendre
le grec , ou tout ce que vous voudrez , je
fuis en état de vous prêter le collet. Toute
la bande fit un éclat de rire qui m'encou-
ragea ; & je gageai qu'il ne feroit pas feulement en état de lire l'Anglois. On aporta
un livre qu'il effaya de lire , mais la gageure
fut décidée en ma faveur ; & fur ce que
je voulus m'engager un peu plus avant dans

la converfation, il prit un verre & me le jetta au vifage. J'efquivai le coup en baif-fant la tête, & mon homme vint m'atta-quer fur le préau. Je n'avois point envie d'accepter un défi digne d'un porteur de chaife : mais il en eft des prifonniers, com-me des écoliers ; je fentis que fi je refu-fois le défi, chacun me jetteroit la pierre ; encouragé par tous ceux qui étoient prefens, j'ôtai mon habit, & je m'avançai fur le champ de bataille, où mon antagonifte étoit déjà. Spéculifte en agit fort bien dans cette occafion, & voulut être mon fecond. On forma un cercle autour de nous, & alors tous les deux en vefte, nous reftâmes quel-ques inftans à chercher le moyen de nous attaquer avec avantage : femblables à deux taureaux furieux, qui fe difputent à qui ref-tera maître d'un pâturage. Enfin nous nous avançâmes l'un de l'autre avec fureur ; & les coups tomboient comme la grêle fur nos eftomacs, & avec tant de violence, qu'on les entendoit à la ronde. Je vis bientôt que mon ennemi inférieur en force, l'empor-toit fur moi par l'adreffe ; je tâchai de le faifir corps à corps ; ce fut en vain : il eut le fecret d'éluder toutes mes tentatives, & me porta fur les temples un coup de poing qui me renverfa par terre tout étour-di ; je revins bientôt à moi ; je bataillai jufqu'à ce que j'euffe repris haleine ; alors m'élançant tout à la fois des mains & de la tête dans le creux de fon eftomac, je le renverfai à mon tour de fon long, &

pour rendre fa chute plus violente, je l'ac-
cablai de tout le poids de mon corps. Il fut
quelque-tems fans pouvoir reprendre fes
fens ; mais il étoit fi étourdi, & fi affoibli
de fa chute, qu'il ne recommença que foi-
blement le combat. D'abord je ne voulus
pas employer toute ma force : le fang ruif-
feloit cependant de toutes les parties de
notre corps, & la victoire fembloit ba-
lancer en faveur de qui elle devoit fe déclarer, lorfque profitant d'un avantage, je
ferrai étroitement mon ennemi dans mes
bras, & lui faifant perdre terre, comme
Hercule fit à Anthée, je le renverfai avec
violence, de maniere qu'il refta par terre,
fans fentiment, fans mouvement, & hors
d'état de continuer le combat. Toute la
troupe me félicita à grands cris de ma conquête, & mes louanges coururent tout le
préau : les uns me prenoient par la main ;
d'autres me frapoient fur l'épaule, & tous
me marquerent la plus grande joie de voir
l'impertinent Bully vaincu, & l'invincible
Province d'Yorck l'emporter fur Tottenham.
Les contufions que j'avois reçues étant legé-
res, je fus bientôt en état de me promener & de converfer fur le préau avec les
autres ; & tous les prifonniers me déclare-
rent le héros du combat.

Je ne tardai pas à retomber dans le chagrin le plus violent ; tout mon argent étoit
dépenfé , je vivois alors d'emprunt, & de
tems en tems j'envoyai mettre en gage
mes habits, montre, & autres bijoux :

pour tâcher de me foutenir : j'avois fait
venir prefque tout ce que j'avois chez moi
piece à piece , & au bout de quelques femaines , je me trouvai réduit à un feul habit , deux chemifes , une feule paire de culotte , de bas & de fouliers ; je confervai
toujours , néanmoins , une certaine aparence , & je fréquentois les affemblées
comme à l'ordinaire ; mais au bout de quelques jours je fus encore obligé de me ref-
treindre , & de ne plus aller à l'auberge ,
dont l'hôte , qui m'avoit déjà fait quelque
crédit , demandoit à grands cris fon paiement. J'en étois réduit à aller quêter un dîner de côté & d'autre dans la prifon , & il
m'arriva plus de vingt fois de paffer un
jour entier fans manger : auffi devins-je
comme un fquelette. Je pris un jour la
réfolution de garder ma chambre , & je
n'y vécus pendant huit ou dix jours que
de pain & d'eau , déterminé à ne faire part
de ma mifere à perfonne , jufqu'à l'arrivée
de mon pere , que j'attendois dans fort peu
de tems. Mon créancier s'étoit déclaré net-
tement contre moi , & ne vouloit entendre à aucun accommodement. Tous mes
chagrins revinrent à la fois me tourmenter ;
jour & nuit j'avois ma chere Louife prefente à mon imagination : je me rapellois fes
charmes ; mais Louife perdue pour toujours , étoit pour moi une idée defefpé-
rante. Je n'avois perfonne avec qui m'entretenir pour écarter ces cruelles réflexions.
Mes anciens compagnons ne me fentant
plus

plus d'argent, m'avoient abandonné, &
affectoient même de m'éviter quand nous
nous rencontrions. A la vérité Spéculiste
m'invita deux ou trois fois à dîner, mais
j'avois le cœur trop haut pour m'abaisser à
recevoir des services d'un homme qui m'a-
voit joué jadis tant de tours. Souvent un
morceau de pain, un verre de liqueur &
de l'eau faisoient un repas, qui me duroit
vingt-quatre heures ; & j'en vins au point
de desirer la mort pour cacher ma honte
& mettre fin à ma misere & à mon affliction.

CHAPITRE XXXIX.

Digression. Spéculiste tombe malade. Com-
ment il se comporta à la mort. Il arrive
à Thompson une visite imprévue. Son
pere, sa mere, & M. Diaper le viennent
voir. Il est mis en liberté, & prend con-
gé des autres prisonniers ses compagnons.

IL n'y a point d'état plus fâcheux & plus
déplorable que celui d'un infortuné, em-
prisonné pour dettes ; ses amis fatigués de
ses importunités l'abandonnent bientôt à
son sort, & se contentent de lui reprocher
sévérement ses extravagances & sa faute ;
pour ses ennemis, comme ils le voient hors
d'état d'exercer son ressentiment, ils l'acca-
blent des invectives les plus ameres que la

III. Partie. C

méchanceté, & leur fot orgueil peuvent
leur fuggérer. Ses créanciers irrités du tort
qu'il leur fait, ne font que trop portés à
trouver de la juftice dans fa détention, &
s'arrogeant avec fierté l'autorité du Ciel,
qui s'eft réfervé la vengeance, ils fe font
une efpece de plaifir d'augmenter fes tourmens, fans fonger que Dieu a recommandé la douceur & la charité envers les prifonniers, comme une des principales vertus du chrétien. Si l'on doit des égards à
tous les hommes en général, combien plus
n'eft-on pas obligé d'en marquer pour des
gens que le malheur, plutôt que leur faute,
a ainfi féqueftrés du refte des autres hommes ? Combien n'ai-je point vu de gens,
(& cette vue m'a touché jufqu'au cœur ;)
combien, dis-je, n'ai-je pas vu de gens qui
auroient pu rendre les plus grands fervices
au public, réduits à la mifere dans le fond
d'une prifon, & hors d'état de faire ufage
de leurs talens : la faim les minoit infen-
fiblement, & l'opreffion continuelle qu'ils
y fouffroient, les réduifoient au point de
mourir dans l'état le plus trifte. Nos pri-
fons font remplies de gens, qui dans l'a-
mertume de leur cœur, maudiffent à chaque inftant le jour de leur naiffance, &
apellent la mort à leur fecours, comme le
feul remede à leur mifere. O Angleterre,
terre de liberté ! comment peux-tu envifa-
ger une pareille difgrace, & fouffrir fous
ton gouvernement que les arts, les fcien-
ces, & les travaux utiles foient privés d'un

ſi grand nombre de gens qui les feroient fleurir ?

Vers le même tems M. Spéculiſte fut attaqué d'une fievre maligne qui emporta beaucoup de priſonniers ; il étoit déjà hors d'eſpérance, lorſque j'en apris la nouvelle. Un homme qui le ſervoit, vint un matin m'avertir que M. Spéculiſte deſiroit de me parler, il m'aprit en même-tems que c'étoit le premier intervalle de raiſon dont il jouiſſoit, & que dès l'inſtant qu'il étoit tombé malade, il avoit eu un tranſport au cerveau qui ne l'avoit point quitté depuis. J'y courus ſur le champ, & je trouvai ce pauvre homme ſi changé, que j'eus peine à le reconnoître. La vivacité de ſon teint, cette hauteur & cette fierté qui lui étoient naturelles, étoient entierement éteintes. Il avoit les yeux creuſés, le viſage maigre & pâle, & ne reſpiroit qu'avec peine. Ce ſpectacle me toucha ſenſiblement ; malgré toutes les raiſons que j'avois de ne point l'aimer, je ne pus m'empêcher de répandre des larmes. Il me tendit une main foible, déjà glacée par le froid de la mort ; & me priant de m'aſſeoir quelques minutes, il m'adreſſa ce diſcours.

M. Thompſon, je vois que ma ſituation vous touche : vous faites malgré vous des réflexions ſur la différence de ce que j'étois autrefois, à mon état actuel. Je vais mourir, je le ſens bien ; toute la philoſophie dont je faiſois autrefois parade, aura peine à me ſoutenir dans ce moment ter-

rible. Pourquoi ai-je si mal profité du tems
& des faveurs précieuses de la Providence ? Ici il fit un soupir & répandit quelques larmes. O mon ami; continua-t-il, si
le passé pouvoit se rapeller, que de haine
& de mépris je sentirois pour la vie que
j'ai menée ! La vanité & le desir des aplaudissemens m'ont porté à combattre des vérités dont j'étois intérieurement convaincu
malgré moi : les suites en sont bien amé-
res : je suis maintenant livré à un desespoir
affreux : je tremble à la vue de ces derniers instans.

S'il y a *un pouvoir* infini, comme tous
les ouvrages de la nature nous l'annoncent,
il doit aimer la vertu, & celui-là seul peut
être heureux qui chérit la vertu.

Je souffre des tourmens cruels, & les
remords de ma conscience déchirent mon
ame : je crains bien qu'un repentir que l'on
ne sent qu'au lit de la mort, ne soit in-
fructueux. Si cet instant pouvoit effacer toutes mes injustices, mes cruautés & mes
torts envers les hommes, (car j'ai été le
monstre le plus décidé) je passerois avec
confiance dans les bras de l'éternité; mais,
hélas ! j'ai été pris au dépourvu : je n'ai
que mes crimes devant les yeux, & l'a-
byme effroyable où il me précipite. Que
mon exemple vous rende sage, mon ami:
n'avilissez point les sentimens noble de votre ame dans des scenes de débauche pour
satisfaire des passions auxquelles la raison
& la religion doivent toujours servir de

frein. Il ne put en dire davantage, & re-
tomba dans le délire, & dans des convul-
fions fi violentes que je ne doutai pas qu'elles
ne l'emportaffent. Son état me tira des larmes ; & par un mouvement involontaire,
je me jettai à genoux à côté de fon lit, &
je priai le Ciel pour lui dans des termes
qui furprirent tous ceux qui étoient prefens.
Quand je me relevai, il n'étoit déjà plus ;
& la mort avoit fi peu défiguré fon vifage,
qu'il fembloit avoir rendu l'ame en fouriant.

Telle fut la fin du pauvre Spéculifte,
homme qui eût été l'ornement de fon pays
& l'amour de toutes fes connoiffances,
s'il eût fait un bon ufage de fes talens ;
mais une vanité infuportable & la débauche
le conduifirent dans le fond d'une prifon,
où une maladie contagieufe le plongea dans
les horreurs de la mort à la fleur de fon âge.

Il y avoit près de trois mois que j'étois
dans cette prifon, où tout fembloit conf-
pirer avec mes chagrins, pour me dégoûter entiérement de la vie : j'y étois réduit
à un état fi trifte, que les feuls habits qui
me reftoient, fuffifoient à peine à couvrir
ma nudité ; & j'étois refté fans fouliers, &
obligé de garder la chambre où j'étois prêt
à mourir de faim. Tous les malheurs dont
ma vie avoit été traverfée, fe peignoient
alors dans mon imagination avec plus de
violence que jamais ; & comme je n'avois
point de livres, tout mon tems étoit employé aux réflexions les plus ameres, & aux
regrets les plus cruels.　　C 3

Telle étoit mon occupation defagréable ; lorfque j'entendis un jour prononcer mon nom à plufieurs reprifes dans la gallerie par une voix de femme, qui ne m'étoit pas inconnue. Mon cœur me dit que ce ne pouvoit être une autre que ma mere , & rien ne peut égaler le faififfement que me caufa cette penfée : cependant la voix aprochoit de plus en plus ; enfin un de mes plus proches voifins ouvrit la porte de ma chambre , & dit : Voilà fon apartement , Madame ; entrez , vous l'y trouverez fûrement. O Dieu ! c'étoit elle-même ; c'étoit cette mere cherie. Après avoir avancé quelques pas , & pouflé la porte d'une main , elle n'eut pas plutôt aperçu le vifage maigre & décharné de fon fils , qu'elle jetta un grand cri , & tomba évanoûie fur une chaife qui fe trouva derriere elle : pour moi fortant de ma léthargie & de l'état de ftupidité où j'étois plongé , je courus à elle , & foulevant fa tête , je la preffai contre mon cœur : un torrent de larmes fortoit en abondance de mes yeux , & les feules paroles que je pus prononcer dans les intervalles de mes mouvemens convulfifs furent : Ma chere mere... O ciel !... Que vois-je... Elle revint bientôt à elle, & me ferrant entre fes bras, elle pleura amérement, en me répétant fouvent : Mon fils , mon cher fils , quel defefpoir de vous voir dans cet état ! Qu'avez-vous pu faire pour vous y réduire ? Je tombai à fes genoux ; & lui prenant une main que j'arrosai de mes larmes : Tranquillisez-vous, lui dis-je, je vous raconterai toute mon aventure, mais votre arrivée imprévue m'a tellement surpris, qu'il faut quelque tems pour me remettre, & pouvoir vous parler de suite. En effet, la tête m'avoit tourné, & j'étois si peu préparé à cet événement, que je n'aurois jamais pu l'imaginer. J'apellai l'homme qui nous servoit ; ma mere l'envoya chercher du vin dont elle me fit boire un ou deux verres : depuis plusieurs jours il n'étoit entré que de l'eau dans mon corps. Ce cordial me donna la force de parler, & à ma mere celle de m'entendre. Mon premier soin fut de lui demander des nouvelles de mon pere : elle m'assura qu'il se portoit bien, qu'ils étoient arrivés à Londres la veille, & s'étoient transportés aussi-tôt à la campagne de M. Diaper, comptant m'y trouver ; car je ne leur avois marqué mon adresse dans aucune de mes lettres ; & ils avoient oublié, en partant, de la demander à Messieurs Archer & Sharpley, qui auroient pu la leur aprendre. M. Diaper charmé de les voir, vint avec eux à Londres : comme il sçavoit que je logeois dans la rue du Lion rouge, il les y mena tout droit ; mais quel fut leur étonnement, lorsque mon hôte leur aprît que j'étois en prison à la Flotte ! Mon pere, après avoir marqué, ainsi que ma mere & M. Diaper, tout le chagrin que leur causoit cette nouvelle, demanderent à mon hôte le sujet de ma détention, & pourquoi j'en avois

fait un fecret à tous mes amis ? Mais il ne
put leur donner aucun éclairciffement, &
les envoya à Spunging-Houfe, où l'on m'a-
voit mené en m'arrêtant : ce fut-là qu'ils aprirent le nom de mon créancier, la nature de
ma dette, en un mot tout ce qui pouvoit les
inftruire de mon affaire. Mon pere & ma
mere en furent fi confternés, qu'ils refterent
long-tems fans parler : ils fe tranfporterent de-
là chez M. Vautour, qui eut affez de générofité pour reconnoître qu'il ne croyoit pas
que j'euffe touché un fol de cet argent :
il leur dit que c'étoit une faute de jeuneffe,
& qu'il n'auroit pas été fi dur, s'il eût pu
fe paffer plus long-tems de cette fomme ;
mais que ne connoiffant point mes parens,
& n'ayant pu tirer de moi leurs noms ni
leurs demeures, il s'étoit vu forcé de me
faire arrêter pour fûreté de fa créance. M.
Diaper qui connoiffoit Vautour, & qui
en étoit connu, le blâma beaucoup de ne
point lui avoir parlé de cette affaire, & affura qu'il m'auroit cautionné, & n'auroit
pas fouffert que je reftaffe en prifon ; mais
celui-ci s'excufa fur ce qu'il n'avoit pas
imaginé que nous fuffions fi grands amis.
Enfuite ils allerent chez le frere de M.
Deacon : mais ils ne purent lui faire entendre raifon, quoique mon pere menaçât
de le pourfuivre pour la reftitution de cet
argent, & de prouver qu'il n'étoit pas poffible que j'en euffe profité. Ils retournerent
encore chez Vautour, pour tâcher d'en
venir à un accommodement ; mais il leur

dit que , faute d'avoir eu cet argent depuis
long-tems , il avoit fouffert un grand pré-
judice ; cependant qu'en confidération de
M. Diaper , il confentoit à faire grace des
frais , & me quitteroit pour les fix cens livres fterlings de principal. M. Diaper &
votre pere , continua ma mere , font actuellement chez le concierge , pour payer
les droits & vous mettre en liberté : ils ont
acquitté votre dette ce matin ; mais , mon
cher fils , que vous êtes changé ! aurois-je
dû m'attendre à trouver mon pauvre Jo-
feph ici , & dans un pareil équipage ? Elle
finiffoit à peine ces mots , que je vis entrer mon pere avec M. Diaper : ils me
marquerent toute la joie imaginable de me
revoir ; mais le miférable état où j'étois leur
donna le plus violent chagrin. Ils me gron-
derent avec amitié de ne leur avoir pas
fait fçavoir plutôt ma fituation , & d'avoir
mieux aimé manquer de tout pendant mon
féjour dans cette prifon , que de les infor-
mer de mon affaire. Mon fils , me dit mon
pere , vous vous êtes conduit imprudem-
ment , en donnant ainfi votre billet à la
legére ; mais comme c'eft la reconnoiffance pour le pauvre M. Deacon , mon ancien ami , qui vous a fait agir , & qu'on ne
peut vous reprocher qu'un défaut d'attention , & la négligence de prendre vos fû-
retés avec lui , je ne vous en parle plus ;
j'efpere que vous effacerez à l'avenir par
votre conduite le tort que votre emprifonnement aura pu vous caufer. Vous êtes

maintenant en liberté de fortir ; mais vous
ne pouvez le faire que ce foir dans l'état
où vous êtes. Mais , dit M. Diaper à mon
cher pere , peut-être qu'avec peu d'argent
on pourroit racheter les habits de Monfieur
Thompfon , & le mettre en état de paroître : car je penfe bien qu'il ne les a pas
vendus ; il les aura mis fans doute en gage
chez quelque ufurier. Je lui répondis qu'il
avoit deviné jufte : auffi-tôt mon pere me
donna dix guinées, & j'envoyai fur le champ
le commiffionnaire dont j'avois coutume de
me fervir , pour aller retirer mes hardes.
Pendant ce tems , je fatisfis leur curiofité ,
& leur fis voir la prifon , le préau , le caffé ,
&c. je les menai enfuite dîner à l'auberge,
où tous mes compagnons aprenant que j'allois fortir , vinrent en foule m'en faire leur
compliment. Je les prefentai à mon pere , à
qui j'en avois déjà fait le portrait. Il me
confeilla de leur faire quelques prefens , fi
je le jugeois à propos. Entre ceux qui vinrent me féliciter de mon élargiffement, Sir
William Failer ne fut pas des derniers. Mon
pere n'eut pas plutôt jetté les yeux fur lui,
qu'il courut l'embraffer , & ils fe firent mutuellement des amitiés , dont je fus tout-à-
fait furpris. Quoi , c'eft-là votre fils , s'é-
cria Sir William ? Que j'aurois été heureux , fi je l'euffe fçu plutôt ! Mon pere
qui avoit beaucoup d'égards pour lui , lui
demanda depuis quand il étoit dans cet endroit ? Il y a deux ans , répondit Failer ,
& l'on m'a mis ici pour une dette de qua-

tante livres sterlings. Bon Dieu ! s'écria
mon pere ; est-il possible ! Que de chan-
gemens l'on voit arriver ! Ah ! mon vieil
ami , repliqua Sir William , qui m'auroit
dit , il y a quelques années , que je dusse
demeurer ici , m'eut assurément bien surpris : mais le sort en est jetté.

Après quelques autres discours relatifs
aux affaires de Sir William , mon pere
l'invita à dîner ; & avant de le quitter ,
il le tira à l'écart , & lui fit present de
dix guinées qu'il reçut avec mille tranf-
ports de reconnoissance. Je pris congé de
tous mes compagnons ; & ayant payé
quelques bagatelles que je devois, nous
sortîmes de la prison, & nous nous rendîmes aussi-tôt à la campagne de M. Diaper.
Madame Diaper m'accabla de caresses ; &
quand elle eût apris mon histoire , elle
s'écria : Mon Dieu ! si mon fils sçavoit
cette aventure , je crois qu'il en perdroit
l'esprit : elle me blâma beaucoup de mon peu
de confiance, & d'avoir caché mon accident à mes amis , protestant que si elle
n'eût point eu d'argent, elle auroit plutôt
vendu sa vaisselle, que de me souffrir un
instant en prison. Pendant le souper , la
conversation roula sur le lieu dont je venois de sortir : j'apris à M. Diaper la mort
du pauvre Spéculiste avec toutes ses cir-
constances : ce fut pour nous tous une source
de réflexions curieuses & utiles. Ce qui me
surprend davantage , dit mon pere , c'est
que Sir William Failer ait si peu d'amis,

quoiqu'à bien confidérer les chofes, il n'y a rien là de fi étonnant, car c'étoit un homme indifcret & bien malheureux. Les événemens de fa vie, dont je me ref-fouviens encore, font propres à infpirer de la prudence à tous les hommes. Je le priai de nous raconter ce qu'il fçavoit de cet honnête homme. M. Diaper & les deux Dames joignirent leurs inftances aux miennes, & il nous en fit le recit de la maniere fuivante.

CHAPITRE XL.

Hiftoire de Sir Villiam Failer.

J'Ai fait connoiffance avec cet honnête homme à l'Univerfité où il a étudié en même-tems que moi. Sir Villiam étoit du collége d'*Emmanuel*, & moi de celui de *Saint Jean*. Il y refta neuf ou dix ans; fes infortunes le changerent au point qu'il chercha à faire d'autres amis que ceux avec qui il avoit été lié auparavant. Vous verrez par les faits que je vais vous en rap-porter de fon hiftoire, que tous les talens ni mêmes les occafions les plus favorables ne fuffifent pas pour s'avancer dans le monde, fi on ne mêle dans fes actions beaucoup de prudence, une grande atten-tion à garder les aparences, & un peu d'intérêt; car fans difficulté il en faut un peu dans la vie.

Sir Villiam defcend en ligne collatérale d'une des plus nobles & des plus anciennes familles du nord de l'Ecoffe ; les chefs de fa maifon fe trouvant entraînés dans la derniere rebellion, contre le Prince actuellement regnant, furent obligés d'abandonner leur pays natal ; mais ils font actuellement une figure brillante chez nos voifins, & l'un deux y eft devenu un des meilleurs Officiers généraux qu'il y ait en Europe. Il avoit la taille haute & bien prife, beaucoup de vivacité d'efprit, & une éducation brillante dont vous avez pu apercevoir quelques reftes. Son nom & fa famille le firent paroître dans le monde avec beaucoup d'avantage ; & quoique le bien de fon pere foit fort modique, il auroit pû, par une grande connoiffance du monde, & par fon habileté à gérer les affaires publiques, trouver beaucoup d'encouragement de la part de ceux qui étoient à la tête du gouvernement à la fin du regne de la Reine Anne ; mais précifément dans le tems qu'il arriva à Londres, la Reine mourut, & les amis qui auroient pu l'avancer, furent écartés des affaires. Bientôt après il fe mit fur les rangs pour être nommé Député de fa ville au Parlement ; mais il fut traverfé dans ce projet par un homme de grande diftinction qui fit tourner l'élection à fon défavantage. Sir Villiam s'en plaignit à la Chambre, & il avoit des preuves fi convaincantes de féduction & de corruption à produire, qu'on

jugea qu'il n'étoit pas à propos de lui per-
mettre de s'expliquer. Ainſi la veille du jour
deſtiné à l'entendre, il fut arrêté le ſoir &
mis en priſon par ordre d'un Secrétaire
d'Etat. Le Lord T......... lui fit ſubir
interrogatoire à pluſieurs repriſes ; mais il
ſe comporta avec une preſence d'eſprit, &
une fermeté qui ſurprit ce Seigneur. Une
pareille conduite lui inſpira beaucoup d'amitié pour lui ; il le recommanda à un autre
Grand, qui lui fit donner un emploi fort lu-
cratif dans une de nos Colonies des Indes
occidentales, où il auroit pû s'enrichir,
& vivre heureux, s'il eût été d'humeur
de ſacrifier ſon honneur & ſa conſcience
à ſon intérêt, comme font la plupart des
gens employés dans les affaires publiques.
Il lui tomba entre les mains, par forme
de confiſcation, une ſomme d'argent
conſidérables dont ces prédéceſſeurs n'é-
toient pas dans l'uſage de rendre aucun
compte : mais Sir Villiam, dominé par le
patriotiſme, & élevé dans les principes les
plus rafinés de l'amour déſintéreſſé du bien
public, ne voulut pas ſuivre leur exemple,
& expédia un ordre pour faire remettre cet
argent au treſor. Le Miniſtre lui écrivit
une lettre polie, par laquelle il lui fit entendre qu'il lui croyoit autant de droit de
s'aproprier cet argent qu'à tous ceux qui
avoient rempli le même office, & il lui
conſeilla de ne plus parler de cette affaire ;
mais Sir Villiam ne put goûter cet avis, &
& renvoya cet argent qui arriva à bon

port , quoique le public n'ait jamais
fçu quel ufage on en avoit fait. Sir Villiam
étant enfuite revenu en Angleterre , je me
fouviens qu'il eût recours à ce même grand
Miniftre pour obtenir quelques gratifications pécuniaires; mais celui-ci lui rit au nez,
& lui dit qu'il avoit été une fois à fon
choix de faire fa fortune , s'il eût voulu
garder pour lui ce qui avoit été , fans
doute, diftribué entre un petit nombre de
mauvais fujets. C'eft ainfi que ce Miniftre
avouoit franchement la corruption qui re-
gnoit dans le miniftére , & dont il étoit
même le protecteur. Sir Villiam s'amoura-
cha dans cette colonie d'une veuve riche
& fort belle, apellée Mathilde ; il profita
de tous les avantages de fa figure & de
fon autorité pour s'en faire aimer , & il
l'époufa ; mais il s'en fallut beaucoup que
ce mariage ne fut auffi heureux qu'il l'avoit
efpéré : au bout de quelques mois il ne
vit plus en elle que ce qu'elle étoit réellement, une femme opiniâtre , de mauvaife humeur, & une bigotte achevée, qui
ne parloit que de graces , d'Eglife, &
même entre les bras de fon mari qui mar-
mottoit des prieres à contre-tems. Ce fut
envain qu'il tâcha d'adoucir cette rudeffe, &
cette dévotion farouche. C'étoit une Pres-
bytérienne de la plus fine trempe qui , pour
un jurement, ou un feul terme profane
qui auroit échapé à fon mari dans la colere,
l'auroit privé de fa compagnie pour un
mois. Un jour , depuis fon retour à Lon-

dres, il m'invita à dîner chez lui avec
plufieurs autres perfonnes. C'étoit un
Dimanche; cette Dame nous quitta après
le dîner pour aller à l'Eglife, fuivant fa
coutume. Sir Villiam nous avoit vanté
un certain vin de Madère, dont il pré-
tendoit nous régaler; mais lorfqu'il fut queftion d'en faire venir, il fe trouva que
Miladi avoit emporté avec elle la clef de la
cave. Ce n'étoit pas la premiere fois qu'elle
lui avoit joué de ces tours, fous prétexte
de l'empêcher de profaner le Dimanche,
& jufques-là, il ne s'en étoit pas plaint
pour le bien de la paix. Il y avoit chez lui
un domeftique, garçon fort hardi, à l'aide
duquel il enfonça la porte; après quoi la
lui chargeant fur les épaules, ce garçon la
porta jufqu'à l'Eglife, qui n'étoit pas éloignée, & la pofant auprès du bans de fa
maîtreffe, il lui dit que fon maître la prioit
d'ouvrir cette porte, puifqu'elle en avoit
gardé la clef. Milady cria beaucoup : cela
excita dans l'affemblée tant de murmures,
que le Miniftre fut obligé de s'arrêter au
milieu de fon difcours; & déjà un des anciens vouloit faire fortir le domeftique,
lorfque Sir Villiam parut, & s'adreffant à
fa femme : Madame, lui dit-il, votre affec-
tation de piété ne doit pas me priver de
mon vin; donnez-lui la clef à l'inftant, ou
je vous fais porter en proceffion fur la porte
même, & je vous la ferai ouvrir au logis.
Cette femme fentant qu'il n'y avoit point
à badiner, donna la clef; mais elle ne voulut

lût plus rentrer à la maison, & ils se sépa-
rerent ainsi de bon gré. Sir Villiam lui rendit tout son bien, pour son entretien, &
celui des enfans qu'elle avoit eus d'un premier mari. Quelques années après se trouvant sans emploi, il sollicita & obtint un
gouvernement au nord de l'Amérique ; il
s'y comporta pendant quinze ans à la satisfaction du ministere, & à l'avantage du
peuple, qui lui étoit confié ; cependant il
s'éleva contre lui une faction qui réussit à
le déposséder ; & il revint en Angleterre
aussi pauvre qu'il en étoit sorti. Depuis ce
tems il a employé tous ses talens à imaginer des projets pour le bien public, dont il
fut bien récompensé par le Général Commode, & Sir Houghton Hall ; le premier
étoit un protecteur fort accrédité & très-
intégre, généreux à l'excès ; l'autre étoit
aussi remarquable à la tête des affaires par
l'étendue de son pouvoir. Plusieurs de ses
projets furent mis à exécution ; mais il dé-
pensa toutes les gratifications qui lui en revinrent à attirer chez lui la meilleure compagnie, & à faire grande figure. Il n'y a
sans difficulté personne en Angleterre qui
entende mieux les intérêts de la nation, &
ceux des nombreuses colonies d'Amérique
qui en dépendent. Mais ce premier Minis-
tre ayant été disgracié & forcé de se retirer, Sir Villiam resta quelque tems sans
emploi, & ayant contracté des dettes
considérables (car il s'en faut beaucoup
qu'il soit arrangé dans ses affaires,) il fut

III. Partie.   D

arrêté plusieurs fois & mis en prison, d'où
il ne sortit que par la libéralité de quelques-
uns de ses protecteurs. Dans la suite il
exerça l'office de Notaire, & s'en acquitta
avec beaucoup de succès ; mais cette occupation ne lui fournissant pas des secours
assez abondans, il s'adonna à emprunter
de petites sommes d'argent de tous ceux
qu'il rencontroit : cette mauvaise conduite,
jointe à un second mariage désavantageux,
fit beaucoup de tort à sa réputation. Il devint fort à plaindre, & d'autant plus qu'il
étoit alors avancé en âge. Le généreux
Commode ayant appris sa situation, lui
fit, avec une générosité digne d'un Prince,
un present de cinq cens livres sterlings,
pour satisfaire ses créanciers les plus pres-
sés ; mais il ne sçavoit pas à qui il avoit
affaire : car du tempérament dont étoit Sir
Villiam, dix mille livres sterlings de revenu ne lui auroient pas suffi. Il quitta Commode, plein de reconnoissance, & courut
à une auberge pour y dîner : il en avoit
grand besoin ; car depuis plusieurs jours il
avoit fait très-maigre chere. Il y rencontra
un de ses grands amis l'infortuné Bellario, qui
après les premiers complimens, lui fit un
long recit des embarras où il se trouvoit.
Bon Dieu ! s'écria le Baronnet, que je suis
heureux, mon cher ami, de pouvoir vous
rendre service ; prenez ce billet de cent
piéces, & arrangez vos affaires ; s'il vous
en faut davantage, venez me trouver demain chez moi : après quoi il le quitta.

Ainsi la bonté naturelle de son cœur lui
faisoit oublier, & le besoin pressant qu'il
auroit eu lui-même d'une somme plus considérable, & l'intention de celui de qui il
la tenoit. Bellario lui demanda où il étoit
logé. Cette question l'embarrassa beaucoup;
il en rougit lorsqu'il réfléchit que c'étoit
dans une mauvaise chambre, chez un chan-
delier; & prenant congé brusquement, il
courut à la maison payer six semaines de
loyer qu'il y devoit, de peur de l'oublier,
s'il tardoit plus long-tems. Arrivé chez lui,
il se trouva que son hôte, qui étoit un fort
bon homme, chargé de famille, venoit
d'être arrêté pour une dette de vingt-cinq
pieces. Les larmes, & les plaintes de la
femme lui firent entrevoir que cette détention alloit ruiner cette famille à platte-cou-
ture. Son cœur ne put tenir à ce spectacle;
il s'écria, tout transporté: Consolez-vous,
Madame, je suis heureusement en état de
le délivrer, & j'y cours à l'instant. Ensuite
mettant une guinée dans la main de cette
femme, il courut trouver le mari, paya
jusqu'au dernier sol de sa dette & les frais,
& le ramena chez lui. En un mot, dix jours
après le pauvre Sir Villiam trouva la fin de
son argent, la bonté de son cœur n'eut
plus lieu de s'exercer; il se trouva réduit
lui-même à emprunter d'un ami une demi-
couronne pour aller dîner, & bientôt après,
il fut saisi & amené en prison à Marshalsea
pour une fort petite somme. Commode le
sçut, le délivra encore une fois, mais ne vou-

lut plus le voir. Il follicita enfuite l'admiffion
de certains projets qu'il avoit propofés pour
l'avantage du commerce ; il en tira beaucoup d'argent à diverfes reprifes ; mais il
a toujours été perfécuté par un tailleur à
qui il devoit beaucoup, & qui avoit mis
fes intérêts entre les mains d'un Procureur
de bon appétit. C'étoit un pauvre homme,
qui toutes les fois qu'il manquoit d'habits,
s'en alloit dans un caffé où Sir Villiam fe
trouvoit ordinairement ; & comme celui-
ci ne pouvoit cacher la nobleffe de fon
ame, quand il étoit en argent comptant,
le Procureur n'en étoit pas plutôt inftruit,
qu'il engageoit le tailleur à le faire arrêter.
En effet, Sir Villiam a été pris cinq fois
pour la même dette, par fa propre faute,
& par la baffeffe de ce Procureur, qui ga-
gnoit par ce moyen autant de paire d'habits ; & je crois que c'eft encore pour la
même dette qu'il eft détenu à la Flotte.
J'avoue que Sir Villiam a aimé un peu trop
les femmes, & que fes débauches lui ont
fait perdre quelques amis : mais il eft certain, du moins par ce qu'il m'a fait entendre, qu'il a rendu à fa patrie de grands fervices, dont quelques-uns même n'ont point
été récompenfés : & quoiqu'il foit encore
en état de lui en rendre, fur-tout en Amérique, n'y ayant perfonne dans la nation
qui entende fi bien que lui le département
de la pêche, il s'eft offert inutilement à un
Miniftre pour cinq fchellins par jour ; & il
fe trouve dans le cas de mourir de faim.

en vérité c'eſt une honte pour notre pays.
Il m'a remis une copie de la lettre tou-
chante, qu'il a écrite à ce Grand; elle
prouve bien le triſte état où il eſt réduit,
& je me regarde comme fort heureux
d'avoir pu lui donner quelques ſecours. Mon
pere nous lut enſuite cette lettre qui eſt
datée de la Flotte, & dont voici les termes.

Monſieur,

„ Il y a près de cinq mois que je ſuis
„ détenu ici pour une dette au-deſſous de
„ trente piéces; je n'en dois pas plus de
„ cinquante d'ailleurs, & je ne crains pas
„ qu'on puiſſe former contre moi de pré-
„ tentions plus conſidérables dans le mon-
„ de.

„ A la premiere nouvelle que j'ai apriſe
„ de l'établiſſement qu'on veut faire, par
„ lequel on prétend former une barriere
„ importante pour toutes nos colonies,
„ améliorer notre commerce avec les na-
„ tions Indiennes éloignées, & en même-
„ tems perfectionner celui de la pêche,
„ j'ai été au déſeſpoir que ma malheureuſe
„ détention me privât de l'honneur de
„ vous rendre une viſite, & de vous con-
„ fier beaucoup de vérités importantes à
„ ce ſujet, dont quelques-unes vous ſont
„ peut-être inconnues; car ſans parler des
„ avantages particuliers que de pareils avis
„ pourroient me procurer, j'oſe vous aſſu-
„ rer très-humblement, que j'aurois le

„ plus grand plaiſir à rendre des ſervices
„ réels à une perſonne de votre caractere,
„ & en même-tems à ma patrie : ç'a tou-
„ jours été mon ambition ; & dans la dé-
„ treſſe où je me trouve, il n'y a que cette
„ eſpérance qui ſoit capable de me tran-
„ quilliſer.

„ J'aurois encore à vous communiquer
„ d'autres choſes auſſi eſſentielles aux af-
„ faires de l'Amérique, comme la nature
„ & l'utilité de papiers qui euſſent cours
„ en Angleterre, la néceſſité de l'aſſujettir
„ à de certaines regles, ſans quoi il en
„ réſultera des conſéquences fâcheuſes
„ pour notre commerce & celui de ſes
„ colonies.

„ J'ai auſſi quelques remarques utiles à
„ vous preſenter ſur le ſoin que l'on doit
„ avoir d'établir la pêche du hareng & de
„ la baleine ſur les côtes ſeptentrionales
„ d'Ecoſſe ; & je me croirois ſuffiſamment
„ récompenſé, ſi le peu de connoiſſance
„ & d'induſtrie dont je ſuis capable, pou-
„ voient me procurer ſeulement cinq ſchel-
„ lings par jour pour me ſoutenir. Comme
„ il ne me reſte vraiſemblablement que
„ peu de tems à vivre, ſi vous voulez bien
„ écouter l'humanité, en me procurant la
„ liberté, & me mettant dans le cas de
„ pouvoir ſubſiſter, vous aurez ſans doute
„ la ſatisfaction d'avoir délivré de la plus
„ grande miſere, Monſieur, votre très, &c.

William Failer.

CHAPITRE XLI.

Thompson persiste dans son dessein d'aller
sur mer. Prig arrive : il le consulte. Il
juge à propos d'employer M. Goodvill.
Arrivée de ce Gentilhomme chez M. Dia-
per. Il persuade M. Thompson à laisser
aller son fils aux Indes orientales. M.
Goodvill lui fait obtenir un comptoir au
Fort Saint George. Il prend congé des
Directeurs, & fait ses préparatifs pour
le voyage.

NOus passâmes trois ou quatre jours
dans cette retraite, & je fus si sensi-
ble à l'attention que mon pere & M. Diaper eurent de ne point me reprocher, ni
même me parler de mes dernieres folies,
que rempli de reconnoissance de leurs bon-
tés, j'en eus encore plus d'envie de leur
complaire en tout : je sacrifiai même pour
quelque tems mes cruels regrets au plaisir
& à la joie que j'éprouvai dans leur compagnie. M. Diaper n'avoit point encore
reçu de nouvelles de mon ami ; nous en
étions fort inquiets, & depuis son départ
de Lisbonne, il n'étoit arrivé en Angleterre aucun vaisseau des Indes ; mais pour
nous dédommager, nous reçumes des lettres de M. Bellair & de Miss Suckey, ac-
compagnées de quelques presens pour Madame Diaper, & nous eûmes lieu d'être

convaincus que cette Dame & fon frere
étoient toujours dans les mêmes fentimens
pour mon ami , & defiroient fort de recevoir de fes nouvelles.

Quoique j'affectaffe un extérieur tranquille & fatisfait , j'étois néanmoins fort
chagrin de voir mon pere & M. Diaper dé-
terminés à m'établir dans la mercerie en
gros. Ce commerce ne me plaifoit point
du tout , & le départ de mon ami n'y avoit
pas peu contribué : d'ailleurs les divers accidens qui m'étoient arrivés , la mort de
ma chere Louife , & la vie que j'avois menée en dernier lieu , m'avoient donné de la
répugnance pour toute application féden-
taire. Ce n'étoit pourtant 'pas avoir une
idée jufte des chofes ; car dans l'exécution
de mon projet de voyage , fi j'avois feulement penfé aux embarras qui s'y rencon-
trent tout naturellement , & aux foins qu'il
me falloit prendre pour réuffir felon mes
defirs , je crois que j'aurois abfolument
abandonné ce projet ; mais je ne me pro-
pofois autre chofe , en changeant de pays ,
que de diftraire mes chagrins par la variété
des objets. En peu de tems mon amour
fans efpoir avoit donné à mon efprit un
tour romanefque , qui ne me permettoit
pas de me lier par un emploi ftable : je
n'aurois jamais pu me tirer de ce labyrinthe ,
fi ma bonne fortune n'eût ramené Prig à
Londres. Dès qu'il aprit que nous étions
tous réunis chez M. Diaper , il vint nous
y rendre vifite : ce Gentilhomme le reçut
avec

avec beaucoup d'amitié, auffi-bien que mon pere à qui je le prefentai d'abord. Pour moi je goûtai une fatisfaction extraordinaire de revoir un homme qui étoit actuellement mon unique ami de cœur, & le dépofitaire de mes fecrets.

La nouvelle de mon emprifonnement & de l'affaire de M. Deacon le furprit au dernier point ; mais il fut d'avis d'abandonner cette affaire : car quoiqu'en obtenant des lettres de Chancellerie, on pût peut-être en tirer quelque parti, il faudroit auparavant tant de tems & de dépenfe, que fans doute nous en ferions bien las avant que de rien terminer. Mon pere qui déteftoit les longueurs & les ennuis d'un procès, adopta fon avis, & me dit, en riant, qu'il regardoit cet argent comme une dette, que je lui payerois quand je ferois en état de le faire.

Je profitai de la premiere occafion favorable, pour emmener mon ami Prig à la promenade : je lui fis part de ma fituation, & du defir que j'avois de fuivre l'exemple de M. Diaper. Je lui en dis tant de raifons, que voyant qu'il feroit inutile de vouloir me perfuader le contraire, il me promit de travailler à faire changer d'avis mon pere & ma mere. Nous étions occupés à imaginer les moyens les plus fûrs pour y parvenir, lorfque je me rappellai heureufement que M. Goodvill avoit un oncle Directeur de la Compagnie des Indes orientales. Je me déterminai fur le champ à lui

III. Partie. E

écrire, pour le prier de s'employer pour
moi, afin de m'obtenir quelque poste au
service de cette Compagnie. J'avois tout
lieu de croire qu'il y travailleroit avec plaisir : en effet, je lui écrivis dès le soir même,
& lui rendis compte de ce que je deman-
dois, & des raisons qui m'y engageoient.
Je priai son épouse par une autre lettre d'a-
puyer mes prétentions, & je les fis porter
aussi-tôt à la poste. Dans l'intervalle de la
réponse , je fis tout ce que je pus pour
empêcher mon pere de faire aucuns progrès
dans les affaires qui me regardoient ; je lui
proposois tous les jours, & à M. Diaper , de nouvelles parties de plaisir, auxquelles ils consentoient volontiers, parce
qu'ils imaginoient que ma longue détention
devoit avoir altéré considérablement mon
tempérament , & que l'air & les amuse-
mens de la campagne m'étoient nécessaires
pour rétablir ma santé. Ma mere évitoit
avec soin , aussi-bien que mon pere, de
parler de Sir Walter & de sa famille : j'en
fus charmé ; car le moindre mot de ma
chere Louise m'auroit replongé dans ma
premiere tristesse à laquelle la poursuite de
mon projet favori avoit fait un peu de di-
version. Enfin je reçus une lettre du pays
d'York. J'en fus surpris ; elle ne contenoit
que deux mots.

Monsieur ,

» M. Goodvill arrivera à Londres presque

» auſſi-tôt que ma lettre , & je crois que
» j'aurai le bonheur de vous y voir. Je ſuis
» votre affectionnée amie, *Cat. Goodvill.*

Je ne ſçavois preſque que penſer de ce
que M. Goodvill n'avoit point écrit lui-
même , ni du tour laconique de la lettre
de ſon épouſe : j'attendis avec impatience
une ſemaine entiere. J'avois prié M. Goodvill d'écrire à mon pere , & de tâcher de
le faire conſentir à mes projets , en lui re-
preſentant qu'il pouvoit m'y rendre quelques ſervices. Huit jours étoient à peine
paſſés , qu'étant un matin à déjeûner , un
aroſſe à ſix chevaux arrêta à la porte. M.
Diaper en fut très ſurpris ; mais ma mere
s'écria de joie : Je ſuis ſûre , mon cher Jo-
ſeph , que cette livrée apartient à un de
vos bons amis. Je me levai promptement,
& courus à la porte , pour recevoir M. &
Madame Goodvill, qui me prirent dans leurs
ras. Vous voyez , M. Thompſon , me dit
. Goodvill , que je ne fais pas les choſes
demi ; je ſuis venu exprès à Londres ,
our vous ſervir. Je le remerciai autant que
on trouble & ma joie purent me le per-
ettre , & courus ſaluer ſon épouſe , qui
ut charmée de me voir , & me dit mille
hoſes obligeantes. Mon pere , M. Diaper
les deux Dames s'aprocherent auſſi-tôt ;
après les complimens ordinaires , mon
ere qui avoit été pluſieurs fois chez M.
oodvill avant que de venir à Londres ,
es preſenta l'un & l'autre à M. & Madame

Diaper, qui leur marquerent leur satisfaction dans les termes dont ils eurent tout
lieu d'être contens. Quand on se fut un peu
reposé, mon pere leur demanda quelle
heureuse affaire lui procuroit le plaisir de les
voir. Madame Goodvill lui répondit, en
riant, qu'il le sçauroit bientôt, & que peut-
être alors il souhaiteroit qu'ils n'en eussent
pas pris la peine ; mais mon pere repliqua
qu'en lui voyant tant de gaieté, il étoit sûr
que ce n'étoit rien de fâcheux ; & qu'après
son fils qu'ils lui avoient conservé, personne au monde n'avoit tant de droit à son
amitié que M. Goodvill & elle. La conversation devint générale, & on passa toute
la journée dans la joie. Prig qui arriva un
moment après, la partagea avec nous : la
santé de mon ami ne fut pas oubliée ; &
ces deux aimables hôtes marquerent tant
d'estime pour lui, que M. & Madame Diaper ne sçavoient comment la reconnoître.

Le lendemain après le déjeûner (car M.
Diaper, qui avoit beaucoup de logement,
les avoit engagés à passer deux ou trois
jours chez lui avec tout leur équipage)
ayant fait un signal à M. Goodvill, je sortis, & les laissai tous ensemble, bien per-
suadé qu'on me mettroit sur le tapis. Je ne
m'étois pas trompé ; car deux heures après,
mon ami Prig vint me dire qu'il croyoit
que tout s'arrangeoit à ma satisfaction, &
que j'aprendrois quelque chose qui m'éton-
neroit. Je le suivis dans la salle où je les
avois laissés, & j'aperçus ma mere s'essuyer

les yeux , ce qui me fit quelque peine. Eh
bien , Joseph, me dit mon pere, vous nous
avez joué un tour ; mais je ne puis m'en
plaindre, puisqu'il nous procure la compagnie de nos bons amis. Vous voulez donc
me quitter pour courir les aventures ? Ce
dessein n'étoit point de mon goût ; mais M.
Goodvill nous a dit tant de choses, & M.
Prig l'a si bien apuyé, que je crois que j'y
consentirai, si vous pouvez gagner votre
mere, qui aura beaucoup plus de peine à
se résoudre. Alors me montrant M. Goodvill : Rendez grace à ce bon ami , continua-t-il, car il nous a fait pour vous des
offres, qui me persuadent qu'il vous aime
autant que si vous étiez son propre fils. Je
m'avançai auprès de lui , & je le remerciai
d'une maniere qui lui montra toute ma reconnoissance : ensuite je tâchai si bien de
faire consentir ma mere à mon départ,
qu'elle me le permit enfin avec beaucoup
de peine. On fut fâché alors que je ne fusse
point parti en même-tems que mon ami.
M. Goodvill dit qu'il auroit pu obtenir alors
les mêmes avantages pour moi ; mais personne n'en eut tant de regret que M. &
Madame Diaper : ils espérerent que tôt ou
tard nous nous rencontrerions dans le voyage : ensuite à la priere de M. Goodvill nous
consentîmes tous à l'accompagner à sa maison de Londres, où il vouloit que nous
restassions jusqu'à mon embarquement, qui
devoit se faire bientôt, parce que la Compagnie équipoit alors des vaisseaux pour

envoyer dans ſes différens comptoirs , &
qu'il ne doutoit point de pouvoir m'y procurer une bonne place. Mon pere le laiſſa
entierement le maître de tout, perſuadé
qu'il ne pouvoit me remettre en de meilleures mains.

A notre arrivée à Londres , nous fûmes
reçus & régalés magnifiquement. Le lendemain M. Goodvill me mena avec lui
chez ſon oncle , qui à l'inſtant l'aſſura qu'il
alloit me placer : il nous parla de M. Social
Capitaine du Hartings , frêté pour le Fort
Saint George , comme d'un homme fort
aimable , & me dit que par ſon moyen j'aurois dans cet endroit un comptoir qui me
feroit beaucoup plus avantageux que l'emploi de Supercargo , & il me pria de l'aller
voir quand je ſerois prêt à partir. Nous le
quittâmes fort contens de notre viſite , &
M. Goodvill me dit qu'il ne doutoit point
que ſon oncle ne me tint parole. Allons ,
M. Thompſon , ajouta t-il , j'engagerai Madame Goodvill à envoyer une pacotille de
deux mille livres, que vous ferez valoir. Je
l'embraſſai pour cette nouvelle marque d'a-
mitié , & je retournai avec lui auſſi gai que
je l'aie été de ma vie , entouſiaſmé de ma
nouvelle ſituation , & du plaiſir que j'allois
goûter en parcourant les pays étrangers,
pour augmenter ma fortune , & me mettre
en état de rendre ſervice à mes amis. Deux
ou trois jours après , j'eus ordre d'aller trouver les Directeurs ; j'y fus le lendemain ,
& je crois n'avoir jamais été ſi frapé qu'à

la vue du nombre de perfonnes par les mains de qui paffent les intérêts d'un commerce fi étendu, & qui dirigent les affaires d'une partie de l'Afie, qui furpaffe en grandeur les Etats de plufieurs Princes d'Europe. La maniere dont j'y fus reçu, me convainquit que j'avois été très-bien recommandé : après m'avoir queftionné fur mes connoiffances, & fur la profeffion que j'avois fuivie jufqu'alors, ils m'aprirent que j'étois nommé Facteur de la Compagnie au Fort Saint George, & qu'il falloit me préparer pour l'embarquement qui fe feroit dans quinze jours, à bord du Haftings, vaiffeau frêté pour cette place, & commandé par le Capitaine Social : enfuite ils me donnerent quelques leçons fur la façon de me comporter avec honneur & fidélité dans les affaires qui m'alloient être confiées; & après avoir pris toutes les affurances requifes en pareil cas, ils me fouhaiterent poliment un bon voyage. M. Goodvill, mon pere & moi allâmes remercier l'oncle de M. Goodvill ; il nous arrêta à dîner, après m'avoir donné toutes les connoiffances qu'il put de la nature de mon pofte & même du pays où j'allois, où lui-même avoit paffé quelques années. Ces inftructions me furent d'une grande utilité pour la fuite.

Quand toutes chofes furent arrangées, mon pere travailla à me faire un équipage convenable, & n'épargna point la dépenfe : l'amitié de M. & de Madame Diaper, de ma mere & de Madame Goodvill, me

procurerent tout ce dont j'avois befoin,
avec tant de profufion, que je ne crois pas
que perfonne ait été jamais mieux équipé :
mon pere eut foin, entr'autres chofes, d'y
joindre une collection de livres bien
choifis.

CHAPITRE XLII.

M. Thompfon donne à fon fils un papier
contenant des inftructions pour le gou-
vernement de fa conduite. M. Diaper
confent d'aller avec fon époufe paffer
quelques tems au pays d'York. Prig ob-
tient un emploi avantageux par le moyen
de M. Goodvill. Ils accompagnent
Thompfom à Douvres. Leur féparation
tendre. Il s'embarque à bord du Haftings,
qui leve l'ancre, & met à la voile pour
le voyage des Indes orientales.

PLus le tems de mon départ aprochoit,
plus mon pere & ma mere étoient fen-
fiblement affligés de la penfée qu'ils m'alloient perdre ; moi-même je fentis toute la
violence d'un combat fi naturel à la vue
de l'éloignement immenfe qui devoit bientôt me féparer de tout ce que j'avois de
cher. L'affliction de ma mere fe commu-
niqua à Madame Goodvill & à Madame
Diaper ; & la premiere commença à fentir
quelque peine de s'être tant employée pour
favorifer mon départ. Je paffai avec ces

dignes femmes tout le tems que je pus ; &
de concert avec mes amis , je tâchai de
diſſiper , autant qu'il fut poſſible , l'affliction
de ma mere , & de la guérir de ſes idées
de crainte de tous les malheurs qui pouvoient m'arriver.

Un jour mon pere me tira à l'écart , &
me ſerrant entre ſes bras , il me dit , en
laiſſant échaper quelques larmes : Mon
cher fils , vous allez être ſéparé de moi ,
peut-être pour toujours ; j'ai cédé à votre
importunité , & maintenant que je l'ai fait ,
l'événement m'inquiette : cependant j'eſ-
pere que l'Etre ſouverain qui arrange toutes choſes pour le mieux , ſera votre guide
& votre protecteur , qu'il benira vos travaux , & qu'il vous rendra ſain & ſauve à
des parens affligés , qui n'ont d'autres con-
ſolations que vous , & à des amis qui vous
eſtiment. Je vous ai dreſſé mon cher fils
quelques inſtructions ; je vous recommande de les lire ſouvent , afin que quand vous
ſerez éloigné de moi , les ſoins de votre
pere ne vous manquent pas au beſoin. Si
vous en faites la regle de vos actions , ce
dont je ne doute point , vous ſerez heureux. Il n'en dit pas davantage , & me remit ce papier , que j'arroſai de mes larmes ;
je n'oublierai jamais les excellentes maximes qu'il contenoit , & que j'ai jugé à propos de raporter ici.

Mon cher fils ,

" Quelque peine que j'aie à me ſéparer

» de vous , je céde à vos defirs , & je
» vous abandonne aux foins de cette Pro-
» vidence furveillante , qui dirige & gou-
» verne toutes les actions de notre vie ;
» mais comme vous avez dérangé mes ef-
» pérances, & les projets que j'avois for-
» més de vous voir bientôt établi dans
» votre patrie , & de jouir du plaifir & de
» la confolation de vous fentir près de moi ;
» que vous allez vous plonger dans une
» mer d'embarras , & effuyer les dangers
» inévitables d'un voyage long & en-
» nuyeux , pour vous fixer , du moins pour
» quelque tems , dans un pays éloigné dont
» le climat eft fouvent contraire à la fanté
» de ceux qui font nés dans nos pays fep-
» tentrionaux ; les liens les plus facrés vous
» obligent à fuivre les regles de la fageffe
» & de la vertu , & de prendre tous les
» foins poffibles de votre fanté , afin qu'a-
» vant de mourir , je puiffe jouir encore du
» plaifir de vous revoir. Pardonnez donc à
» l'affection & à la tendreffe d'un pere ,
» recevez ce petit nombre d'inftructions
» fur la façon de vous conduire dans une
» entreprife fi périlleufe ; quoique vos bon-
» nes qualités & votre raifon me donnent
» lieu de croire que vous en avez moins
» befoin que tout autre.

„ En premier lieu , mon cher fils , que
„ toutes vos actions & vos paroles fe fen-
„ tent de la vénération que vous devez
„ avoir pour la Divinité ; ne perdez jamais
„ de vue cet objet ; que votre intention

„ foit toujours de lui plaire ; foyez conf-
„ tant à lui rendre ce culte , qui éleve
„ l'ame au-deffus de fa fphére, & qui en-
„ tretiendra dans votre cœur le calme &
„ la tranquillité dont vous aurez befoin
„ dans les plus grands malheurs & les
„ troubles qui peuvent vous arriver.

„ Je n'ai pas befoin de vous exhorter à
„ perfévérer dans la pratique des com-
„ mandemens de Dieu , & de vous atta-
„ cher fermement aux maximes de vertu
„ & de religion que j'ai tâché de vous
„ infpirer. Affurez vous , quoi qu'il vous
„ arrive, une demeure où le chagrin n'ha-
„ bite jamais, où le péché & la mort ne
„ peuvent point pénétrer. Cette pratique
„ foutiendra toujours votre ame dans les
„ plus grands dangers ; & , comme dit
„ Horace, quand tout le monde viendroit
„ à s'écrouler, vous foutiendriez ce choc,
„ fans crainte & fans frayeur.

„ Ayez pour vos fupérieurs un refpect
„ noble & défintéreffé ; pour vos égaux
„ une franchife honnête & prudente ; de
„ l'humanité pour vos inférieurs , & beau-
„ coup de reconnoiffance pour les fervices
„ qu'ils vous rendront.

„ Conduifez-vous dans les affaires de la
„ Compagnie avec tant de fidélité, que
„ jamais votre cœur n'ait rien à vous re-
„ procher. Lorfqu'il fe prefentera quelque
„ occafion légitime de faire quelque profit
„ pour votre propre compte , ne faites pa-
„ roître ni avidité ni avarice ; les richeffes

,, que vous pourrez acquérir , feront par
,, ce moyen comme un baume dans votre
,, cœur ; vous ne les envifagerez jamais
,, avec cette inquiétude chagrine qu'occa-
,, fionne toujours le bien mal acquis.

,, N'affeƈtez jamais d'avoir des connoif-
,, fances fupérieures à ceux à qui vous avez
,, affaire. Quand vous traiterez avec les
,, naturels du pays où vous allez , faites-
,, leur voir que vous êtes véritablement
,, Chrétien , & que ce qui vous met au-
,, deffus d'eux , eft uniquement la fincéri-
,, té , l'honneur & la probité. Peut-être
,, pourrez-vous , avec une pareille condui-
,, te , leur faire goûter la doƈtrine dont
,, vous faites profeffion , quoique ce ne
,, foit point là votre miffion , & qu'il ne
,, foit pas néceffaire de vous écarter de
,, vos devoirs pour faire de pareilles ten-
,, tatives.

,, Ne foyez ni trop impatient , ni cole-
,, re , comme il arrive fouvent à ceux qui
,, demeurent long-tems dans les pays
,, chauds ; la colere rend le vifage diffor-
,, me ; elle gâte le cœur , & rend un hom-
,, me à charge à lui-même , & odieux à
,, ceux qui l'environnent.

,, Ne buvez des liqueurs fortes qu'avec
,, modération , & uniquement pour la fan-
,, té : je vous recommande d'éviter toute
,, intempérance de cette efpece : elle a
,, perdu une quantité innombrable de gens
,, dans les Indes. Figurez-vous que vous
,, êtes comptable de votre vie & de fon

„ ufage à l'Auteur de votre être, & que
„ c'eft de fa confervation que dépend le
„ bonheur ou le malheur de vos pere &
„ mere.

„ Adieu, mon cher fils, puiffent vos
„ entreprifes avoir le fuccès le plus heu-
„ reux ; puiffiez-vous enfin revenir fain &
„ fauf, & combler de bonheur votre ten-
„ dre & affectionné pere,

William Thompfon.

J'eus beaucoup de fatisfaction avant mon
départ, d'aprendre que M. Diaper s'étoit
rendu aux defirs de mon pere & M. Goodvill , & qu'il iroit avec fa famille paffer
quelques mois dans le pays d'York, partie
chez l'un , & partie chez l'autre , auffi-tôt
qu'il m'auroit vu embarqué. J'eus ainfi le
plaifir de fonger que toutes ces perfonnes
eftimables feroient réunies enfemble pour
fe confoler mutuellement des chagrins que
mon abfence & celle de mon ami devoient
naturellement caufer à deux peres tendres,
dont nous étions les feuls enfans , & l'unique efpérance. M. Goodvill goûta tellement
Prig , qu'il lui promit l'adminiftration de
toutes fes affaires , & lui donna une procu-
ration pour agir comme fon intendant dans
trois ou quatre biens confidérables qu'il
avoit dans le Comté de Hertfort. Il le preffa
auffi de faire un voyage au pays d'York
dans le même tems ; à quoi il confentit
d'autant plus volontiers , qu'il étoit alors

fans affaires. J'en fus charmé en mon particulier; j'envoyai par fon moyen des lettres à M. & Madame Bellair, & à Mifs
Suckey, avec le détail de tout ce qui m'é-
toit arrivé ; je le leur recommandai comme
un homme qui pourroit leur être utile, en
fe chargeant de leurs lettres pour M. Diaper & pour moi, & leur faifant remettre
nos réponfes, quand elles arriveroient à
Londres.

Quand le Capitaine Social me fit avertir
qu'il devoit aller à Gravefende, j'aurois
voulu me rendre à bord, mais il me dit
poliment qu'il devoit auffi aller aux Dunes,
mais que fi je voulois partir auffi-tôt pour
Douvre, il feroit baiffer les voiles, & en-
verroit une chaloupe me prendre. Je fuivis ce dernier parti, & tous mes amis
ayant voulu m'accompagner, nous arrivâmes au lieu indiqué, fans aucun accident
remarquable ; le Haftings n'étoit pas encore arrivé, mais il vint la nuit même,
& le vent ayant ceffé, le Capitaine fit
jetter l'ancre aux Dunes, & vint à terre
avec plufieurs perfonnes qui faifoient le
voyage avec nous, pour complimenter
mes amis, & recevoir leur compagnon
de paffage. Notre auberge fe trouva ainfi
toute remplie d'hôtes, & M. Goodvill
pouffa la générofité, jufqu'à vouloir nous
régaler tous. Nous fîmes de notre mieux
pour nous égayer ; malgré cela chacun avoit
le cœur gros, quoique mon pere tâchât
de divertir & d'amufer la compagnie ;

enfin le fignal terrible fut donné, il fallut
nous rendre à bord, & tandis que le Ca-
taine & les autres paffoient dans la chaloupe, je me préparois à faire un long
adieu à tous mes amis. M. Goodvill
fut un peu frapé de ce fpeſtacle atten-
driffant malgré toute fa philofophie, &
Prig pleuroit fi amerement qu'il ne put
pas prononcer une fyllabe. M. Diaper fut
auffi touché, que quand il fe fépara de
fon propre fils; fa femme & Madame Goodvill fondoient en larmes; mon pere me
ferra dans fes bras & me donna mille
bénédiſtions. J'embraffai ma chere mere,
que la douleur empêchoit prefque de me
rendre les mêmes careffes; pour moi
j'étois occupé à répondre aux empreffe-
mens de toute la bande, & je n'étois pas
moins touché. Nous partîmes enfin, & je
crois que la féparation de l'ame d'avec le
corps, ne peut avoir rien de plus terrible
que cette cirçonftance le fut pour moi.
M. Goodvill & M. Diaper me virent feuls
arriver à la chaloupe, où je paffai après
les avoir embraffés tous les deux, fans dire
un feul mot. J'aurois cru pouvoir foutenir
cet adieu avec plus de fermeté; mais les
larmes me gagnerent, & mon cœur fut
tellement accablé de chagrin, qu'il ne me
fut pas poffible de jetter davantage les yeux
du côté du rivage.

Quand nous fûmes arrivés au vaiffeau,
le Capitaine fit aporter une jatte de punch
pour nous noyer le chagrin, & il me dit

en même-tems que jamais il n'avoit été fi
touché que de la maniere dont s'étoit faite
notre féparation , & qu'il ne doutoit pas
que notre entrevue ne dût être auffi tendre , lorfque je reviendrois. La joie de mes
compagnons fit tarir la fource de mes larmes ; je commençai à raifonner avec moi-
même & à devenir plus calme ; ce ne fut
pourtant pas fans adreffer en filence quelques prieres à Dieu pour la fanté de ceux
que je venois de quitter , & pour obtenir
un heureux voyage. Tandis que nous étions
encore à l'ancre , il arriva à bord une chaloupe chargée de quelques vivres & de
bouteilles de vin , dont mon pere nous
faifoit un prefent pour ajouter à nos provifions : il y avoit auffi quelque chofe de la
part de M. Diaper, avec des complimens
pour moi & pour tout le refte de l'équipage. Un domeftique de M. Goodvill qui fe
trouva fur cette chaloupe , me remit une
lettre , que je reconnus par l'adreffe être de
ma chere mere ; & quoiqu'il n'y eut qu'une
heure que je l'avois quittée , je ne pus
m'empêcher de baifer ce domeftique, comme un homme que je n'aurois pas vu depuis un fiécle , & qui m'aporteroit de bonnes nouvelles. J'aperçus qu'il y avoit quelque chofe de renfermé dans cette lettre ,
& cet homme me dit qu'on me prioit de
ne l'ouvrir que quand je ferois en pleine
mer. Je la mis dans ma poche , & j'écrivis
quelques mots à cette chere mere & au
refte de mes amis , dans les termes tendres

tres que me dicta ma situation presente.

Il s'éleva bientôt après un vent frais, &
nous finîmes de lever notre ancre aux ac-
clamations de l'équipage, à qui l'on avoit
faire boire une bonne quantité de liqueurs.
Le Capitaine Social salua la ville de dix
coups de canon, & en fit tirer un pareil
nombre pour saluer nos amis, qui, arrivés
sur la côte, nous suivirent des yeux aussi
long-tems qu'ils purent nous apercevoir.

Nous voguâmes le long des côtes; j'en
fus charmé, cela me fournit le moyen de
remarquer quantité de villes qui faisoient
un coup d'œil admirable; ceux qui n'a-
voient point encore été en mer, y prirent
beaucoup de plaisir; ce qui me donna le
plus de joie, c'est que j'en fus quitte pour
un petit mal de cœur, après quoi je ne
fus plus incommodé de tout le reste du
voyage. Lorsque nous passâmes ce fameux
promontoire à l'extrêmité de l'isle, je dis
adieu en soupirant, à l'Angleterre; je fus
charmé d'avoir franchi le canal, & alors
nous nous perdîmes dans le vaste Ocean
Atlantique, où nous n'aperçumes plus que
le ciel & l'eau.

III. Partie.

CHAPITRE XLIII.

Il ouvre la lettre de sa mere, & il trouve le portrait de sa chere Louise. Tempête furieuse. Ils aperçoivent un vaisseau tout en feu qui saute en l'air à leurs yeux. Ils en prennent l'équipage sur leur bord. Thompson y trouve un ancien ami. Recit de leur infortune.

JE goûtai fort mon nouveau genre de vie, & je me sentois si gai, qu'il sembloit que les vents qui enfloient nos voiles me donnassent une nouvelle vie. Outre les Officiers du vaisseau, nous avions à bord plusieurs passagers, dont les uns alloient comme moi pour être employés au service de la Compagnie ; d'autres pour tâcher de faire fortune, dans les comptoirs des Indes orientales, en trafiquant pour leur compte. Nous formions en général une assez bonne société de gens qui avoient vu le monde, & dont l'esprit étoit orné & rempli de connoissances. Nous avions fait une si bonne provision de denrées & de liqueurs de toutes espéces, que nous ne devions pas craindre de manquer des nécessités de la vie dans ce long voyage pour peu que la traversée fut heureuse. Le Capitaine se relâcha beaucoup des usages qui se pratiquent entre gens de son espéce, & nous formions un petit nombre de person-

nes fort attentives à nous prévenir & nous
faire plaifir les uns aux autres : ma chambre
étoit grande & commode, & me fuffifoit
pour moi & pour un fidèle domeftique ap-
pellé *Will Truman*, qui avoit fervi long-
tems mon pere, & qui par affection voulut s'attacher à la fortune du fils.

Nous ne fumes pas plutôt en pleine mer
que j'ouvris la lettre de ma mere ; mais
qu'elle fut ma joie, & en même-tems ma
peine, quand j'aperçus dans une boëte
d'or enrichie de brillans le portrait en mi-
gnature de ma chere & aimable Louife!
Je fus extrêmement furpris en revoyant
l'image de cette chere maîtreffe ; tous mes
regrets fe renouvellerent, & rallumerent
dans mon cœur un fouvenir que le tems &
mes idées prefentes avoient un peu ralenti.
Je baifai avec ardeur ce portrait cheri ; je
le fufpendis avec un ruban fur mon cœur,
& réfolus de le porter jufqu'à la mort. Dans
la confufion de mes efprits j'oubliai pour
quelque tems de lire la lettre qui contenoit
ce prefent ineftimable ; mais quand le calme fut un peu revenu, je la pris & y lus ce
qui fuit.

Mon cher fils ;

,, Quoique je me reproche de renouvel-
,, ler vos peines à la vue de ce bijou, je ne
,, puis cependant vous en priver plus long-
,, tems ; il eft à vous inconteftablement. La
,, tante de votre chere Louife, après la mort

,, de fa niece , partit pour la France ; &
,, m'envoya quelques jours auparavant par
,, un de fes gens une lettre avec ce bijou
,, précieux. Si ce prefent me furprit , je ne
,, le fus pas moins du contenu de la lettre ;
,, elle me marquoit que fa niece au lit de la
,, mort avoit prié qu'on me l'envoyât com-
,, me une marque de l'amour & du refpeçt
,, qu'elle portoit à la mere d'un homme qui
,, lui étoit infiniment cher , & pour qui il
,, avoit été deftiné , fi le deftin ne le lui
,, eût pas enlevé d'une maniere fi cruelle.
,, J'apris dans la fuite par Fidéle le fens de
,, ces expreffions , qui étoient alors inintel-
,, ligibles pour moi , & je fçus que la nou-
,, velle de votre mort lui avoit porté le coup
,, fatal qui nous en a privé pour toujours.
,, Mais mon fils , vous vivez , graces à
,, Dieu ; puiffe votre vie être longue &
,, heureufe. Toutes les fois que vous re-
,, garderez ce portrait précieux , penfez à
,, la perte que j'ai faite en elle , & confer-
,, vez-vous pour me dédommager de l'af-
,, fection que je vous portois à tous les
,, deux. Oh ! mon cher fils , mon cœur
,, eft trop affligé dans ce moment pour vous.
,, en dire davantage. Que le Ciel vous
,, protege , qu'il vous rende heureux où
,, vous aliez , & vous ramene en fanté dans
,, les bras de votre tendre & affectionnée
,, mere. ,, *Elifabeth Thompfon.*

Nous eumes un très-bon vent, & il ne nous
arriva rien de remarquable jufqu'à la hau-

teur du Cap Cantin ; nous en étions à cent
vingt lieues au nord-ouest , fuivant notre
eftime , lorfque nous vîmes les aproches
d'une tempête : les nuages commencerent
à obfcurcir les cieux du côté de l'oueft , &
quelques gouttes de pluie mirent fin à un
des plus beaux jours ; enfuite on aperçut
des éclairs , & le tonnerre gronda avec
tant de violence , qu'il fembloit que la nature touchât au moment de fa deftruction.
Il s'éleva un vent d'oueft furieux qui en-
floit les vagues comme des montagnes : notre commandant avoit donné fes ordres
avec tant de fageffe , qu'il fembloit que
nous fuffions en état de réfifter aux plus
grands efforts de la tempête ; mais fa fureur redoublée nous mit bientôt en danger ,
& nous n'eumes pas le tems de reployer
notre grande voile , qui fut déchirée en
vingt morceaux. Si j'avois eu jufqu'alors
une grande idée de nos matelots anglois ,
ce fut dans ce moment que je la trouvai
jufte ; leur exactitude & leur bravoure
dans ces occafions, leur donne affurément
l'avantage fur ceux de tous les autres pays ;
il n'y eût perfonne qui ne fut occupé de
façon ou d'autre à travailler pour la fûreté
du vaiffeau ; & c'étoit un objet également
fatisfaifant & terrible de les voir comme
autant d'abeilles grimper fur les vergues.
Cependant la tempête augmentoit toujours,
& les vagues nous faifoient monter & def-
cendre fucceffivement avec tant de vîteffe
que j'en étois entiérement ébloui. Quelque

force que je pusse prendre sur moi-même ;
je ne pus rester plus long-tems sur le pont ; à
l'exemple des autres passagers, je me ren-
fermai dans ma chambre. Le tumulte horrible qui se faisoit sur le tillac, les cris du
Bosman & de ses mousses se mêlant avec
le sifflement des vents & le bruit continuel
des vagues irritées, répandoient une con-
fusion capable de faire tourner la tête à
tout homme qui n'est point accoutumé à
ce spectacle effrayant. Nous restâmes vingt-
quatre heures dans cet état ; quoique cette
tempête nous eût donné beaucoup de peine
à tous, le Capitaine Social me dit, dans
le plus fort, que ce n'étoit rien qu'un bon
tems de mer, & me jura qu'il s'étoit trouvé fort ennuyé d'être si long-tems sans rien
faire. Le lendemain vers le midi le ciel
commença à s'éclaircir ; le vent diminua
peu à peu, & bientôt le tems devint se-
rein ; & le soleil nous lança ses rayons &
il ne nous resta d'autre incommodité que
le roulis du vaisseau occasionné par le mouvement violent que la tempête avoit im-
primé dans les flots, & qui donnoit plus
d'embarras aux matelots que la tempête
même ; mais sur le soir il survint un calme parfait, & la surface de l'eau devint
aussi unie qu'un étang. Le soleil prêt à se
coucher formoit sur notre horison une espece d'amphitéâtre de lumiere & d'obscuri-
té. Le firmament asuré étoit émaillé de tous
les astres brillans qui ornent ses plaines spa-
cieuses, jusqu'à ce qu'enfin la lune se le-

va , & étendit son manteau argenté sur toute la surface de la mer.

Ce spectacle réveilla dans mon cœur des sentimens de reconnoissance envers le Créateur de l'univers. O Dieu ! m'écriai-je , que tes ouvrages sont admirables !

Le lendemain matin le vent nous devint très-favorable , nous fimes bonne route , & il sembloit que notre vaisseau ne fit que glisser sur les flots. Environ huit jours après cette tempête, nous nous trouvâmes à vingt degrés dix minutes de latitude , & nous tâchions de passer les isles du Cap verd , lorsque nous entendîmes quelques coups de canon , comme venant d'un vaisseau en détresse. Notre Capitaine répondit à ces signaux , & prit un peu plus à l'ouest , parce que nous nous imaginâmes que le son venoit de ce côté-là. Ils continuerent à tirer pendant quelques heures , & nous découvrîmes alors une grande lumiere à quelques lieues de nous, comme si c'étoit un vaisseau en feu. Quelques momens après le vaisseau sauta ; le feu s'éteignit , & nous ne vîmes plus qu'une espece de nuage noir & épais qui s'élevoit de l'eau ; nous ne doutâmes pas que l'équipage n'eût eu le tems de se sauver dans les chaloupes ; c'est pourquoi le Capitaine fit racourcir les voiles , & tirer un coup de canon de demie-heure en demie-heure , pour avertir ces infortunés du secours que nous étions prêts à leur donner. Le lendemain vers midi nous vîmes , à l'aide de nos lunettes & du tems, qui heureusement avoit été favorable, une chaloupe remplie de gens qui sembloient ramer de toutes leurs forces pour atteindre notre vaisseau ; sur quoi le Capitaine Social fit serrer les voiles, & vers les sept heures ces pauvres gens épuisés & presque morts de fatigue arrivèrent par le travers du vaisseau, d'où ils nous prièrent pour l'amour de Dieu de les prendre sur notre bord, ce que nous fîmes aussi-tôt : nous les halâmes au nombre de quarante-six. Rien ne m'a jamais fait plus de plaisir : que de voir la joie & la promptitude avec laquelle les gens de mer secourent leurs compagnons dans ces occasions. Ils s'empressoient tous à l'envi de leur donner du rafraîchissement, pour nous nous prîmes le Capitaine & deux autres qu'il nous montra ; nous les conduisîmes dans la grande chambre, où nous leur servîmes à boire & à manger de ce que nous avions de meilleur, & nous eûmes le plaisir de les voir manger comme des affamés ; car n'ayant eu le tems de tirer de leur vaisseau qu'un peu de biscuit, ils avoient jeûné presque tous, depuis le moment qu'ils en étoient sortis. Nous aprîmes que leur vaisseau étoit parti de la Virginie pour Londres, chargé en partie de tabac & de rum qu'ils avoient pris aux Barbades pour le compte d'un Gentilhomme passager sur leur bord, pour qui le Capitaine marquoit beaucoup de respect : cela nous le fit examiner plus attentivement ; mais je n'eus pas plutôt jetté

les

les yeux fur lui, qui me regardoit en même-tems, qu'il accourut à moi, & nous
nous embraffâmes avec les plus grandes
marques d'amitié. Nous ne pouvions profé-
rer d'autres paroles que, mon cher Thompfon ! mon cher Prim ! C'étoit en effet ce
jeune homme que je me ferois plutôt attendu de trouver à Londres dans ce moment, que fur le Haftings. Chacun parut
auffi charmé que nous d'une rencontre
auffi imprévue; & mes compagnons s'em-
preffèrent tous à qui marqueroit plus d'amitié à ces nouveaux venus. Si je fus furpris
de rencontrer Prim, il ne le fut pas moins
de me voir en mer ; mais nous fûmes obligés de fufpendre notre curiofité pour nous
occuper d'autre chofe. Le Capitaine Clément, (c'étoit le nom du Commandant
du vaiffeau brûlé) nous fit les remercie-
mens les plus finceres du fecours que nous
lui avions donné ; & pria le Capitaine Social de vouloir bien le garder fur fon bord
lui & fon équipage , jufqu'à ce qu'on ren-
contrât un vaiffeau chargé pour l'Europe,
promettant de tirer des lettres fur fes pro-
priétaires, pour le dédommager ; mais Prim
affura notre Capitaine qu'il le fatisferoit de
tout avant que de quitter notre bord , &
qu'il prendroit les billets du Capitaine Clément. Nous y confentîmes , & quand tout
fut arrangé , & des poftes donnés aux matelots , le Capitaine Social donna une
chambre à M. Clément : pour moi j'offris
à Prim la moitié de la mienne pour tout le

III. Partie. G

tems qu'il feroit à bord ; il l'accepta volontiers, & une autre perfonne de notre vaiffeau eut la même attention pour leur camarade.

Le Capitaine Clément nous fit le recit de l'accident arrivé à leur vaiffeau que l'on apelloit le *Lovely Betty* de quatorze canons, & de trois cens tonneaux de charge. Le cuifinier ayant laiffé du feu dans la cuifine plutard qu'à l'ordinaire, un matelot y avoit allumé fa pipe, & s'en étoit allé à fon pofte fumer avec quelques-uns de fes compagnons en buvant. Par hazard leur liqueur étoit à fa fin, & ils convinrent entr'eux que le même homme tâcheroit d'en tirer de nouvelle à une barique de rum qu'on avoit mife auprès d'eux, faute de place dans la cale. Il quitta fa pipe, & tandis qu'il étoit occupé à cette importante opération, il tomba un peu de tabac allumé fur un coffre qui étoit ouvert, ce qui mit le feu à quelques matieres combuftibles. On ne s'en aperçut que quand les flammes furent trop grandes, tout leur travail & leur induftrie ne purent fuffire pour l'éteindre. Ils fçavoient qu'ils n'étoient pas éloignés des ifles du Cap-Verd ; ce fut ce qui les détermina à fe mettre dans leur chaloupe ; cependant ne voulant rien oublier de tout ce qui pourroit contribuer à conferver leur vie, avant que de quitter leur vaiffeau, ils avoient tiré plufieurs coups de canon, pour faire connoître leur détreffe, & fort heureufement, puifqu'ils avoient

btenu par ce moyen le fecours que nous
ur avions donné. Le Capitaine finit fon
ecit par nous dire que M. Prim étoit celui
ui perdoit le plus, puifque la plus grande
artie de la cargaifon étoit à lui. Cepen-
ant M. Prim avoit écrit à Londres pour
e faire affurer par un autre vaiffeau qui
toit parti quelque tems auparavant des
arbades; à l'égard de la carcaffe, le Ca-
itaine l'avoit fait affurer lui-même.

Quoique charmé d'aprendre que Prim
toit fi riche, je n'en fus pas moins fur-
ris. Nous nous retirâmes fort tard dans
a chambre, & après avoir fatisfait fa cu-
iofité, & lui avoir dit comment je m'é-
is déterminé à voyager: Mon ami, lui
is-je, vous avez quitté l'Angleterre bien
rufquement; j'en ai fouvent fait la ré-
exion avec chagrin; mais je vois par vo-
re fituation prefente, que la fortune vous
favorifé, & vous m'obligerez fort de
'en faire le recit. Vous avez raifon, mon
her Thompfon, me répondit-il, & mal-
ré les circonftances où vous me rencon-
rez, je fuis véritablement heureux. Je vous
i toujours aimé, mon cher, & j'ai cent
ois penfé à vous depuis mon départ. Je
'étois propofé à mon retour à Londres
'aller vous voir, & vous étiez le premier
vec qui je comptois renouveller connoif-
ance. Allons, faifons une jatte de punch;
vous inftruirai, tout en buvant, des
ccidens heureux & malheureux qui me
ont arrivés depuis que j'ai quitté mon maî-

tre, & de la façon dont je me suis enrichi
Je fis le punch, & M. Prim commença à
raconter ses aventures.

___

CHAPITRE XLIV.

Aventure de M. William Prim.

VOus vous ressouvenez, sans doute
du triste état où j'étois le jour fatal qu
je vous quittai, après que mon Maître e
découvert que j'avois dissipé la caisse qu'
m'avoit confiée. Il en fut si irrité, qu'il n
voulut pas me garder plus long tems chez lu
Mon pere, qui n'étoit pas moins en coler
contre moi, me fit embarquer sur u
vaisseau des Indes Orientales, qui parto
le lendemain, & dont le Capitaine, qu'
connoissoit un peu, me prit en quali
d'Ecrivain. Tout cela se fit si brusquement
que je me trouvai fort mal équipé pour u
tel voyage. Mon pere m'a écrit depuis
qu'il avoit beaucoup de regret d'avoir ain
précipité mon départ, & que ce souven
lui avoit bien coûté des larmes ; mais cor
me c'est un homme d'un tempérament v
& bilieux, je lui pardonne d'autant pl
volontiers, que cette précipitation
été cause de la fortune que j'ai faite d
puis.
Le Capitaine Surly mon Commandant
qui depuis son enfance étoit accoutumé
la mer, étoit un vrai brutal, sans hum

té. Mon pere lui avoit indifcrettement con-
é les raifons qu'il avoit de m'envoyer en
her. Au lieu de tâcher de me rendre ma
captivité plus douce, & de me faire ren-
rer en moi-même, fupofé que j'euffe de
mauvaifes inclinations, il ne manquoit
pas de me reprocher à chaque inftant ma
faute ; il me menaçoit à tout propos
de me maltraiter, fi jamais je lui faifois
e même tour qu'à mon ancien Maître.

Vous pouvez penfer combien ce traitement étoit infuportable pour un homme
qui a quelques principes d'honneur, & qui
çait vivre. Il faut convenir que ce cas
n'arrive que trop fouvent. Bien des gens
qui ont donné dans un travers, feroient
capables de fe corriger s'ils étoient bien
conduits ; mais fe voyant maltraités, ils fe
livrent au défefpoir, fans penfer à ce qui
eut leur arriver ; & regardant tous les
ommes comme leurs ennemis, ils les
aitent comme tels, & deviennent com-
letement méchans, par l'impoffibilité
où ils fe trouvent de rétablir leur réputa-
ion. Je n'ai point été heureufement dans
ce cas, & je fçai que la plupart des gens
qui penfent, font difpofés à pardonner un
crime à la jeuneffe, quands ils aperçoivent
quelques marques de repentir, & l'efpérance de pouvoir la faire rentrer en elle-
même.

Je fus traité indignement pendant la
plus grande partie de ce cruel voyage.
Lorfque je m'en plaignois, il m'accabloit

d'injures, & porta même plufieurs fois la
barbarie jufqu'à me jetter à coups de
pied hors de fa chambre, où il paffoit
ordinairement à s'enyvrer la plus grande
partie du jour. Une pareille tyrannie me
rendit la vie infuportable. Je commençai à
être indifférent pour tout, fur-tout quand
je m'aperçus que tout l'équipage fuivoit
l'exemple du Capitaine, & me traitoit
avec le plus grand mépris. Un jour, un
neveu de Surly, fans que je lui euffe rien
fait, me prit par le nez, & me traîna en
cet état, l'efpace de plus de vingt pas,
au grand amufement de tous les matelots.
Je ne pus y tenir plus long-tems; la colere
me tranfporta, & le faififfant au collet,
malgré tous fes efforts, je le jettai à la
mer, où il auroit péri infailliblement, fi
on n'eût baiffé toutes les voiles, & lancé
la chaloupe à l'eau pour le fauver. Quand
le Capitaine apprit cette action, il me fit
venir devant lui, & avec la fureur d'un tigre,
il tomba fur moi à grands coups de canne.
C'étoit un homme fort & vigoureux,
je n'avois rien pour me défendre; ainfi
il me battit fans miféricorde, & enfuite me
fit lier au grand mât. J'avouerai à la louange
de tous les Officiers & des matelots,
qu'ils trouverent ce traitement trop rude, & n'y virent aucun ombre de juftice.
Un Supercargo que nous avions à bord,
en fut fi irrité, qu'il dit en face au Capitaine, qu'il étoit un coquin. Ce brutal
l'envoya pour cela aux arrêts dans fa

chambre , & pendant plufieurs jours il
n'eût pas la permiffion de paroître fur le
tillac. Depuis ce tems le jeune Surly me
traita plus mal qu'un forçat. Je maudiffois
l'inftant de ma naiffance ; & je crois que fi
nous n'euffions relâché à Madagafcar, où
le mauvais tems nous obligea d'aborder ,
j'aurois exécuté la réfolution violente que
j'avois formée depuis quelques jours , de le
faifir à la premiere occafion , de me jetter
à la mer avec lui , & de nous noyer tous
les deux, mais la vue de la terre me donna
d'autres idées, que j'exécutai de la maniere fuivante. Nous étions dans une bonne baye à l'oueft de l'Ifle, qu'on apelle,
à ce que je crois, la baye de Saint Auguf-
tin , & nous travaillions à réparer nos
agrès , & à faire de l'eau & du bois pour
pourfuivre notre voyage. Je fus envoyé
dans la chaloupe pour faire de fréquens
voyages de la côte au vaiffeau, & porter
à bord le bois à mefure qu'on le coupoit.
Je réfolus de m'échaper à la premiere occafion, & de me livrer, s'il le falloit, à
la merci des nations barbares dont j'avois
entendu faire d'étranges contes ; ou d'attendre à fortir de l'Ifle, que quelqu'autre
vaiffeau vint aborder, plutôt que de refter
davantage dans un efclavage fi horrible. Il
y avoit à deux lieues de l'endroit où nous
avions débarqué, un bois fort épais, où je
pouvois refter caché jufqu'au départ du
vaiffeau. Dans cette réfolution , j'attendis
que l'on tranfportât à bord le dernier muid

G 4

d'eau ; & en attendant je portai fecrettement à terre , en différentes fois , une boëte
à fufil, quelques bifcuits , & une ou deux
bouteilles d'eau-de-vie , que je cachai
dans le fable , fans être aperçu de mes
camarades ; & prenant le tems qu'ils étoient
tous endormis , en attendant la baffe marée ,
je m'emparai d'un moufquet & d'un cor-
net de poudre , & je gagnai à toutes
jambes , le bois dont je viens de parler ,
où je me cachai dans des brouffailles , jufqu'à ce que la chaloupe fût retournée
à bord ; ce qu'ils firent , après m'avoir cherché & apellé pendant plus d'une demi-
heure pour m'avertir du départ. Je m'étois
gliffé jufques fur un monticule d'où je
pouvois aifément apercevoir le vaiffeau ,
fans courir rifque d'en être vu moi-même.
Je ne fçaurois vous dire fi le brutal de
Capitaine fut bien aife ou non d'être défait
de moi ; mais on leva l'ancre fans s'em-
barraffer de me venir chercher , & je les
vis gagner la pleine mer avec un bon vent
de nord-oueft quart à l'oueft , qui bientôt me
les fit perdre de vue.

Ce fut alors que je fentis toutes les
frayeurs qu'éprouve néceffairement un
homme abandonné feul fur une terre inconnue, dont il a entendu raconter des
hiftoires effrayantes. Je ne voyois aucune aparence d'y rencontrer les befoins de
la vie , à moins que de me livrer moi-même
à des fauvages barbares qui me traiteroient
peut-être avec encore plus de cruauté que

je n'en avois éprouvé auparavant , & je
commençois à me repentir de ma témérité & de ma folie ; mais je fus bientôt
délivré de ce trouble. J'allai sur le rivage
pour chercher mon biscuit , mon eau-de-
vie & les autres choses que j'y avois
laissées ; je trouvai le tout en bon état ,
& ensuite je m'enfonçai dans le plus
épais du bois. Je n'y fus pas plutôt entré ,
que je remarquai sur un arbre , dont le bois
ressembloit assez au bois de Brésil , un
oiseau dont les plumes étoient noires , ta-
chetées de blanc , & qui ressembloit assez
à nos poulets-d'inde. Je tirai dessus & le
tuai ; après quoi coupant des branches avec
mon couteau , j'allumai du feu , accom-
modai ma chasse , & fis le meilleur repas
de ma vie , & d'autant meilleur , que j'avois
aporté à terre dans ma poche du sel pour
assaisonner ce que je pourrois tuer. J'a-
vois grand besoin d'eau , & d'un vase pour
boire ; je trouvai l'une au pied d'un rocher
où nous en avions puisé pour le vaisseau , &
mon chapeau me tint lieu de l'autre. En peu
de jours ma situation me parut assez pas-
sable , & je résolus de me tenir le plus
près de la baye que je pourrois , afin de
découvrir quelques vaisseaux , si par hasard
il en venoit , & de sortir ainsi de l'Isle.
Je trouvai des dattes dans les bois , & sur
les montagnes des oranges & des citrons.
Il y a dans cette Isle beaucoup de singes ,
& bien des oiseaux dont la chair est bonne
à manger ; mais sur-tout celui dont je viens

de parler, qui est remarquable en ce qu'il a des cornes jaunâtres sur la tête, & qui est d'une couleur mêlée de bleu & de rouge. Ces oiseaux se trouvent par bandes dans les bois, & ne sont point farouches ; de sorte que j'en attrapai sans difficulté. Je trouvai près de l'extrémité de ce bois un rocher naturellement creux, qui me servit de logement. Mon eau-de-vie que je ménageai, me fut d'une grande ressource ; & j'apris bientôt à vivre sans pain ; les dattes m'en tenoient lieu. Ce que j'apréhendois le plus, étoit la fin de ma poudre, dont il ne me restoit plus que quelques charges. Pour y remédier, comme j'avois un bon couteau, je coupai de longues baguettes du bois dur, dont j'ai fait mention ; j'en fis des espéces de javelots, & je m'exerçai à les lancer. Je devins en peu de tems assez adroit à cet exercice pour percer un oiseau à une distance raisonnable, pourvu qu'il fut posé. J'avois avec moi une carte des Indes Orientales & plusieurs autres, avec un Traité de Navigation & deux compas, qui me servoient d'amusement la plus grande partie du jour : dans d'autre tems, je gravois mon nom sur les arbres, & la date du jour & de l'année que je me sequestrai volontairement de tout le genre humain. J'en gravai avec soin l'inscription suivante sur un gros arbre dont l'écorce étoit fort unie.

MARINS,

Cette Infcription vous aprendra
Qu'un jeune homme malheureux
Nommé Villiam Prim , Anglois
Et Citoyen de Londres ,
Aima mieux s'expofer à toutes fortes de dangers
Dans un pays inconnu ,
Que de gémir plus long-tems fous la perfécution
Et les maux que lui faifoit fouffrir
Jean Surly, Commandant du *Douvre* , vaiffeau
de la Compagnie des Indes ,
En l'année 17--
Si ma douleur & mon défefpoir vous étoient
connus ,
Vous ne pourriez affurément lui refufer des
larmes.
O mon Pays ! je ne vous reverrai plus.
Je fuis condamné à pleurer dans cet exil , fans
efpérance d'en fortir.
Ens Entium , miferere mei.

J'avois déjà paffé près de cinq mois dans
l'Ifle fans être découvert par aucun des
habitans. Pour éviter cet inconvénient ,
j'avois grand foin de ne pas m'écarter du
bois où je faifois depuis fi long-tems ma
réfidence ; & je jettois fouvent du haut
de ma guéritte , des regards avides vers la
mer , dans l'efpérance qu'il arriveroit
quelques vaiffeaux pour me tirer de ma
trifte folitude. Mes habits étoient fort ufés,
& pendoient en lambeaux autour de moi.
Il y avoit déjà long-tems que je n'avois
plus de fouliers ; mais les pieds m'étoient
devenus fi durs & fi calleux , que je ne
fentois aucune incommodité à aller nuds

pieds. Un jour je découvris de mon petit
monticule deux naturels du pays qui mar-
choient vers la baye. Heureufement ils ne
m'aperçurent pas, quoiqu'ils paffaffent par
mon bois. Je ne fçaurois vous exprimer la
frayeur que j'en eus ; car s'ils m'euffent
vu , je devois m'attendre à être mené dans
l'intérieur de l'Ifle , & conféquemment
à perdre toute efpérance d'en fortir ; ce
qui feul foutenoit alors mes efprits. Ils
étoient de bonne taille , & avoient fur les
épaules des morceaux de toile peinte ,
femblable à de l'indienne ; ce qui me fit
juger qu'ils trafiquoient de tems en tems
avec les vaiffeaux Européens qui abor-
doient dans cette Ifle. Ils étoient armés d'arcs
& de fléches , & portoient à la main un
long javelot de bois. Je ne fçaurois dire
pourtant que je fuffe tout-à-fait feul ; car
j'avois pris un finge dans une efpece de
filet que j'avois imaginé pour cela , & qui
étoit fait de petites baguettes placées au-
deffus d'une foffe profonde que j'avois
creufée dans le fable. Quoique ces animaux
foient fort gros , je trouvai le moyen , à
force de careffes , d'aprivoifer celui-ci , de
maniere qu'il me fuivoit par-tout comme
un chien. Ses grimaces & fes tours de
foupleffe me faifoient fouvent rire malgré
moi ; & il tâchoit d'imiter tout ce que
je faifois. Ainfi je l'envoyois fouvent
chercher de l'eau , & cueillir des oranges
& des limons , commiffions dont il s'ac-
quittoit avec beaucoup d'adreffe. Enfin , le

tems de ma délivrance arriva, & me caufa
une joie inexprimable. Je finiffois mon
feptiéme mois de captivité, felon mon cal-
cul, lorfqu'un jour fixant mes regards fur
le vafte océan, & repaffant en moi-même
les divers accidens de ma vie, j'aperçus
une voile à quelques lieues au large. Cette
vue me fit prefque perdre connoiffance ;
mais quelle fut ma fatisfaction, lorfque
je vis ce vaiffeau entrer directement dans
la baye, y jetter l'ancre, & envoyer à
terre fa chaloupe pour y prendre de l'eau
fraîche. Je me prefentai à l'endroit où ils
débarquerent. Ma figure rude & fauvage
les intimida : d'abord ils s'arrêterent tout
court ; mais notre joie fut bien réciproque
lorfque nous nous reconnûmes pour com-
patriotes. Quand je leur eus fait part de
mon hiftoire, ils m'amenerent à bord, &
me prefenterent à leur Capitaine, qui me
parut être plein de douceur & d'humanité:
cependant il me queftionna avec foin,
dans la crainte que je n'euffe apartenu à
quelques-uns des Pirates dont ces mers
fourmillent. Quand il fut bien convaincu
du contraire, il me reçut fur fon bord,
me donna des habits, & tout ce dont
j'avois befoin. Ce fut alors que je commençai à vivre ; mais comme j'avois depuis
long-tems perdu l'habitude de porter des
culotes & des fouliers, les premieres me
gênerent beaucoup, & les fouliers me
firent enfler les pieds, & me caufoient
des douleurs infuportables. Le nom du Ca-

pitaine étoit *Nelson* , & celui du vaisseau ;
la *Charmante Susanne*. C'étoit un particulier fort riche , & un des plus considérables
Planteurs de la Virginie , à qui le vaisseau
apartenoit en propre ; il l'avoit conduit à
Londres chargé de tabac de son cru , &
il en avoit raporté une cargaison propre à
aller trafiquer d'Esclaves sur la côte d'A-
frique. Son Equipage s'étoit révolté contre lui , & après s'être saisi du vaisseau ,
il tâchoit d'aborder à cette Isle. Mais s'é-
tant trouvé dans le plus grand danger ,
vers les 40 dég. & 10 min. de latitude ,
& à 10 dég. de longitude à l'ouest de
Londres , par une tempête qui s'étoit éle-
vée , ils avoient jugé à propos de le relâcher
pour conduire le vaisseau qu'il mena au Cap.
Quoiqu'il les tînt alors sous sa puissance , il
avoit été assez généreux pour ne pas les
livrer aux Hollandois ; ainsi sans employer
autre chose que la force de ses raisons &
de la persuasion , il les avoit remis dans
le devoir , & leur avoit tout pardonné ,
après avoir laissé à terre deux des principaux mutins , & leur avoir payé exacte-
ment leurs gages. J'apris qu'un autre gros
tems les avois jettés si loin à l'est , que le
besoin d'eau les avoit contraint de gagner
Madagascar , où ils m'avoient si heureusement délivré. Il y avoit à bord cent cinquante Negres , sans compter quatre-vingt
autres qu'il avoit perdus dans ces mers par
maladie.

Quand M. Nelson eut entendu mon

hiſtoire , ſur laquelle il me fit des re-
preſentations avec beaucoup de douceur
& qu'il eût découvert que je n'étois point
Marin , mais un homme élevé dans le
commerce, il me donna le ſoin de ſes livres , & me choiſit pour ſon Intendant &
ſon Sécretaire , le ſien étant mort dans le
voyage. Jamais je ne me ſuis trouvé ſi
ſatisfait ; j'avois affaire à un homme doux,
ſociable & humain , qui ne ſe ſentoit gûere
de la rudeſſe des gens de mer, & dont
l'éducation , à ce que j'éprouvai, avoit
été cultivée par l'étude & la lecture des
meilleurs Auteurs. En un mot, je m'at-
tachai à lui , & le ſervis avec tant de cœur
& d'affection, que j'eus lieu de m'apercevoir auſſi que je ne lui avois point déplu.
Vous ſerez ſurpris que j'aie pu gagner ſon
eſtime en ſi peu de tems. Il ne vouloit jamais boire ni manger ſans moi. J'étois toujours en ſa compagnie ; & par les attentions
que ma ſituation me mettoit à portée d'a-
voir pour tous les gens du vaiſſeau , je gagnai pareillement l'eſtime & l'amitié de
tout l'Equipage. J'apris que mon Capitaine
avoit à la Virginie une femme & une
fille dont il me parloit ſouvent avec beaucoup de tendreſſe. Il me dit que ſi je voulois m'y établir avec lui, & prendre ſoin
de ſes affaires, il me donneroit des apointemens conſidérables. Je conſentis de bon
cœur à ſa propoſition ; & à vous dire le
vrai, ce qui m'y engageoit le plus étoit le
caractere de *Miſſ Fanny* , dont j'étois de-

venu amoureux , fur le récit que m'en avoit
fait fon pere. J'avois déjà conçu l'efpérance de la poſſéder , & de faire ma fortune.

Nous avions fait un bon voyage jufqu'aux Iſles du Cap Verd , où nous avions
relâché à celle de S. Vincent ; mais nous
n'en fumes pas fi-tôt partis , qu'il s'éleva
une grande tempête , contre laquelle l'a-
dreſſe de nos Matelots échoua ; nous ne
nous en tirâmes qu'après avoir perdu notre
grand mât qui fut fendu depuis le haut jufqu'en bas d'un coup de tonnerre ; & nous
penſâmes perdre le vaiſſeau que l'on eut
beaucoup de peine à conferver : enfuite
ayant gagné les Iſles fous le Vent avec un
mât de rechange , nous y reſtâmes près
d'un mois pour nous radouber ; en même
tems nous nous défimes fort avantageufement d'une centaine de nos Négres. Ma
ſanté ne fut point du tout endommagée
dans ces voyages & ces aventures en-
nuyeuſes ; l'exercice continuel que je faifois,
me fortifioit de plus en plus : le Capitaine
étant tombé malade à *Bridgetown* aux Barbades , il me confia fans réferve l'adminiftration de toutes fes affaires , & je m'en
acquittai avec tant d'exactitude & de fidélité , que quand je lui rendis mes comptes , il m'embraſſa , & outre mes gages ,
il me fit prefent de vingt guinées. En même
tems il parla fi avantageufement de moi
aux Habitans de cette Iſle , que j'aurois pu
y faire un établiſſement confidérable , fi ma
reconnoiſſance

reconnoiſſance m'eût permis de me ſéparer de lui.

Dix jours après être parti des Barbades, nous arrivâmes à *Gloucefter* en Virginie : mais nous penſâmes tous périr dans la traverſée par un accident terrible qui nous arriva. La conduite que je tins dans cette occaſion, me rendit encore plus cher à M. *Nelſon*. Un de nos gens ayant eu ordre d'aller chercher quelques cartouches dans la ſoute aux poudres, porta ſans y penſer un bout de chandelle, ſans avoir la précaution de la mettre dans une lanterne comme il eſt d'uſage ; & ne pouvant atteindre que difficilement à ce dont il avoit beſoin, il poſa doucement ſa chandelle ſur un baril de poudre à moitié défoncé, & ayant oublié de la reprendre, il ſortit ſans cela & ferma la porte après lui. Je me rapellai auſſi-tôt que cet homme avoit porté une chandelle, & l'ayant fait venir ſur le tillac, où le Capitaine, un autre Officier & moi étions à nous promener, je lui demandai bruſquement ce qu'il avoit fait de la chandelle : cet homme reſta tout étourdi, ſans pouvoir parler. Monſieur *Nelſon* ainſi que nous tous devînmes pâles comme la mort, & il donnoit déjà ſes ordres pour mettre la chaloupe en mer, s'attendant à chaque inſtant que le vaiſſeau alloit ſauter. Dans cette confuſion je conſervai aſſez de preſence d'eſprit ; j'ouvris la porte, & deſcendant promptement, je trouvai la chandelle qui

III. Partie. H

n'étoit plus qu'à deux lignes tout au plus
de la poudre. Je glissai doucement ma main
par-dessous, & je la jettai hors du baril
avec une poignée de poudre, & tâchai
en la jettant de l'écarter fort au loin,
mais elle prit feu dans ma main, & me brû-
la cruellement. Cependant cette précaution
sauva nos vies & le vaisseau. Tout le monde fut fort reconnoissant du danger que j'a-
vois couru, & du service que je venois de
leur rendre. Le Capitaine me prit entre
ses bras, & me jura que déformais il auroit autant d'amitié pour moi que si j'étois
son fils. Tout l'Equipage fit retentir mes
louanges depuis la poupe jusqu'à la proue.
La plantation de M. *Nelson* étoit située
sur la Riviere *James*; ainsi quand il eut
fait décharger une partie de sa cargaison à
Gloucester, nous remontâmes la Riviere;
& jettant l'ancre devant sa porte, nous sa-
luames sa famille d'une décharge générale
de notre canon. M. *Nelson* me fit mettre un
habit fort riche qu'il m'avoit ordonné d'a-
cheter à *Bridgetown*, & me fit compliment
sur la beauté & les proportions de ma taille.
Nous nous rendîmes à terre lui & moi dans
une barge, & à notre arrivée il fut reçu
de sa femme & de sa fille avec une ten-
dresse qui marquoit bien les respects qu'elle
avoient pour un si digne homme. Mesda-
mes, leur dit-il, en me presentant à
elles, vous voyez un homme à qui je
dois mon vaisseau, sa cargaison, ma vie
& celle de tout mon équipage : je vous

prie de le regarder comme un de mes
meilleurs amis , qui va faire partie de
ma famille. Je faluai Madame *Nelfon* &
fon aimable fille , dont les charmes enle-
verent mon cœur dès le premier inftant.
Elles me reçurent avec beaucoup de politeffe & d'amitié. Je trouvai que le
caractere de Madame *Nelfon* aprochoit
beaucoup de celui de fon mari : mais , mon
cher ami *Mifs Fanny* furpaffa tout ce que
je m'en étois figuré. La beauté de fon ame
l'emporte encore fur celle de toute fa perfonne. Vous fçavez , mon cher *Thompfon* ,
que je fçais affez bien me prefenter , &
que j'ai affez la parole en main ; je m'apliquai à chercher tout ce qui pouvoit être
agréable à mon ami & à ces Dames ;
de forte que *Fanny* n'eut pas de peine
à s'apercevoir que j'étois un autre homme que les *Buckskins* (c'eft ainfi que l'on
apelle en badinant les Planteurs du Pays)
qui lui avoient fait la cour. J'eus lieu de
me flatter que cette premiere entrevue lui
avoit donné de moi quelques idées avanta-
geufes. Elle étoit grande & de belle taille ;
fes traits étoient réguliers , & fa peau délicate
étoit du plus beau blanc que j'aie jamais vu.
Elle avoit environ dix-neuf ans ; & fi l'on
pouvoit lui reprocher quelques défauts ,
c'étoit d'être un peu fiere , & de connoître
trop bien les charmes qu'elle avoit reçus
de la nature. M. *Nelfon* étoit Juge de
Paix , & fi refpecté de fes voifins , que
nous eumes tous les jours , pendant quelque

tems, une foule de gens qui vinrent le complimenter fur fon retour. Comme il n'avoit point envie de retourner en mer, il mit un de fes Officiers dans le Vaiffeau pour fervir de Capitaine, & l'envoya à Londres auffitôt après avec une bonne cargaifon. On nous régala à bord immédiatement avant que le Vaiffeau mît à la voile, & il m'y arriva une aventure dont *Mifs Fanny* fut très-fatisfaite. Je demandai à M. *Nelfon* pourquoi fon Vaiffeau fe nommoit *la charmante Sufanne ?* A quoi il me répondit, furpris de ma queftion, que c'étoit le nom qu'il lui avoit donné en le faifant conftruire, & qu'il n'avoit jamais fongé à le changer. Eh bien, Monfieur, lui dis-je je vous demande en grace de le rebaptifer ; & fi vous avez quelqu'eftime pour moi, permettez moi de le nommer moi-même. Volontiers, me dit-il, quel nom lui donnerez-vous ? Je faluai la compagnie, & les priant de venir promener fur le tillac, je pris une bouteille de vin, & la lançant contre le grand mât, je criai : » Défor- » mais ce Vaiffeau fera apellé *l'aimable* » *Fanny*, en l'honneur de la plus belle » femme de la Virginie. » *Mifs* devint rouge comme de l'écarlate : fon pere & fa mere furent enchantés auffi bien qu'elle, & nous tirâmes une falve de canons pour terminer la cérémonie. De retour au logis ; foit que j'euffe un peu trop bu, ou que la chaleur m'eut fait mal, je me trouvai incommodé, & je tombai fans mouve-

ment. Monſieur & Madame *Nelſon* en
furent effrayés : quant à *Miſs* , elle fit des
folies , & parla de moi avec une tendreſſe ſi
viſible , avant que je fuſſe revenu à moi,
que ſon pere & ſa mere en furent tout étonnés , & s'aperçurent que j'avois fait une vive
impreſſion ſur ſon cœur : en un mot, mon
ami , je ne vous ennuyerai point du recit de
nos amours ; quelque plaiſir que j'y trouve,
la choſe ne ſeroit pas trop intéreſſante pour
vous ; je me contenterai de vous raporter une circonſtance qui avança beaucoup
mes affaires , & hâta le moment de notre
union.

Nous étions allés avec ſon pere & ſa
mere dans une campagne fort éloignée ,
à l'extrêmité de la Colonie , pour rendre
viſite à M. Hoé qui y avoit une Plantation , & dont le fils , homme grand ,
bien bâti , mais ſans eſprit , étoit extrêmement amoureux de *Miſs Fanny*. Elle ne
l'aimoit point , je le ſçavois ; cependant elle
recevoit ſes hommages pour m'inſpirer de
la jalouſie. Un ſoir nous promenant dans
une campagne voiſine , elle ſe plaiſoit à
augmenter & diminuer tour à tour nos
eſpérances ; car nous étions tous les deux
avec elle , & elle venoit de nous dire en
badinant : Meſſieurs , je n'ai point bonne
opinion d'un homme capable de vivre
ſi tranquillement avec ſon rival ; j'aimerois
mieux que ſe livrant à la rage & au déſeſpoir , ils ſe diſputaſſent en combattant la
poſſeſſion de l'objet de leurs deſirs ; &

je ne ferois pas fâchée d'être la premiere
Virginienne qui eût été la caufe d'un duel.
A peine avoit-elle fini ces mots, que nous
vîmes fortir du bois un gros & terrible fan-
glier, qui vint à travers champ droit à nous.
La pauvre *Mifs* étoit tremblante, & dans
cet embarras elle courut fe mettre à l'abri
auprès du jeune Hoé, qui portoit une hache à fa ceinture ; mais il s'enfuit à l'inftant, tandis que tout en riant j'eus la prefence d'efprit de lui crier de venir défendre fa Maîtreffe, qui étoit tombée éva-
nouie. Enfin je n'avois plus de tems à perdre, car l'animal s'avançoit en grognant,
& montrant fes défenfes terribles & chargées d'écume. Je tirai mon couteau de chaf-
fe, & lui en portai un coup qui ne fit
qu'effleurer fa peau & l'irriter davantage.
L'animal grattant la terre de rage, vint à
moi, & d'un coup de fes défenfes me dé-
chira la culotte, & me fit une legere blef-
fure à la cuiffe. Je lui portai à l'inftant un
autre coup fur la tête avec toute la force
dont j'étois capable ; & ayant encore re-
doublé, je le renverfai mort à mes pieds.
Fanny venoit de reprendre fes fens, &
n'avoit vu que la fin du combat. Alors
comme un Héros, je coupai la tête de l'a-
nimal, & la portai toute fanglante aux pieds
de ma Maîtreffe. La premiere chofe qu'elle
fit, fut de me donner fon mouchoir pour
bander mes bleffures : en même-tems ayant
fait l'obfervation que fon autre Amant étoit
un lâche, elle me donna la main & me

dit : Vous m'avez généreusement sauvé la
vie, il est juste qu'à l'avenir je vous la con-
serve, & que je l'emploie à faire votre
bonheur. J'embrassai cette belle avec trans-
port, & la remenai à la maison, où Hoé
fut raillé de tout le monde, & tous les
aplaudissemens furent pour moi. Six mois
après cette aventure, j'épousai mon aimable *Fanny*, du consentement de son pere
& de sa mere ; & je goûtai dans cette tendre union des plaisirs inexprimables. Mon
beau-pere & ma belle-mere me donnerent
une grande Plantation à faire valoir, & j'ai
eu le malheur de les perdre il y a environ
six mois. Leur mort nous laisse en posses-
sion de près de trente mille liv. sterling.
Mon amour pour mon épouse n'a fait
qu'augmenter, & j'en ai un aimable fils
qui est le véritable portrait de sa mere. Si
j'ai eu d'abord quelque sujet de me plaindre, c'étoit de remarquer dans le tempérament de ma femme une froideur qui ne
s'accordoit point avec la violence du mien,
& dont je lui ai fait souvent des reproches ;
mais j'ai tout lieu maintenant d'être com-
plettement satisfait.

C'est avec les plus grands regrets que
je m'en suis séparé pour aller arranger
quelques affaires en Angleterre ; je l'eusse
même amenée avec moi, si sa grossesse
m'eût permis de l'exposer aux dangers in-
certains de la mer : l'événement n'a que
trop bien justifié mes précautions, quoique
l'accident qui m'est arrivé ne me fait plus

de peine, puifqu'il m'a procuré le plaifir de voir M. *Thompfon*; feulement mon voyage aura été un peu plus long, & m'aura retenu plus que je ne m'étois propofé. J'ai promis expreffément à ma chere femme, d'être de retour pour le tems de fes couches, fi la Providence me le permet. J'efpere que les amis à qui j'ai écrit, auront fait affurer ma cargaifon, au refte la perte ne peut pas être bien confidérable, & j'ai fur moi pour plus de 2000 liv. fterling de billets fur les meilleurs Marchands de Londres. Vous voyez, mon ami, que je fuis dans une fituation fort heureufe. Je tâche, en faifant tout le bien que je puis, de rendre grace à la Providence de fes faveurs, & de réparer toutes les irrégularités de mon ancienne conduite. Mais je ferois charmé d'aprendre de vous des nouvelles de Spéculifte, de Prig, & de tous nos autres amis, & de fçavoir fi je ferois en état de leur être utile, & fur-tout de leur prouver que je fuis toujours auffi défintéreffé qu'ils m'ont connu autrefois.

CHAPITRE

CHAPITRE XLV.

Thompſon contente la curioſité de Prim.
Les amitiés qu'ils ſe font réciproquement.
Ils touchent à une des Iſles du Cap verd.
Il y arrive un vaiſſeau chargé pour Glaſ-
cow en Ecoſſe, qui ſe trouve fréré par
l'Agent de Prim. Il paſſe ſur ſon bord,
régale tout l'équipage du Haſtings. Ils
ſe quittent pour continuer chacun leur
voyage.

JE fus enchanté de l'air franc & ouvert
avec lequel Prim m'avoit raconté ſes
aventures, & d'aprendre les peines &
les embarras dans leſquels il s'étoit trouvé,
avant que d'avoir fait un ſi heureux établiſſement ; je l'en félicitai de tout mon cœur :
nous conclûmes enſemble que des jeunes gens qui ont le cœur bien placé,
& les inclinations naturellement bonnes,
peuvent bien faire des folies, & mener
une conduite irréguliere ; mais que tôt
ou tard leurs ſentimens reprennent le deſ-
ſus, & qu'ils embraſſent de nouveau l'honneur & la vertu dont ils s'étoient écartés.
Il fut fort ſenſible aux malheurs de mon
digne Maître, & ſurpris d'aprendre que
mon ami Diaper étoit allé aux Indes. Je
crois, me dit il, que nous étions deſtinés
tous à courir les aventures. Il n'y a que

III. Partie.　　　　I

Prig qui refte dans fon pays natal. Je fuis
bien aife qu'il y réuffiffe, & je me ferai un
véritable plaifir de le voir. Je lui dis que
s'il faifoit un heureux voyage, il trouveroit Prig dans le Pays d'York. Eh bien, me
répondit Prim, donnez-moi fon adreffe,
je vous promets de l'y aller voir. Je lui
répondis que je le ferois avec plaifir, &
que je le recommanderois à mon pere,
& à quelques bons amis à qui j'écri-
rois par la même occafion, s'il vouloit bien fe charger de mes lettres. Il me le
promit, & ajouta que fi fa femme y vouloit confentir, il avoit deffein dans quelques années de retourner en Angleterre
paffer le refte de fes jours, & qu'il efpé-
roit m'y voir alors. Il fut fort fenfible à la
perte du pauvre Spéculifte, quoiqu'il en
eût mal agi avec lui. Comme il étoit curieux de fçavoir les motifs qui me faifoient
aller aux Indes Orientales, je lui racontai
toutes mes infortunes. Il y prit beaucoup
de part ; & pour m'encourager, il me dit:
fi vous avez quelques befoins, mon cher
ami, vous pouvez tirer des lettres de
change fur moi ; foyez sûr que je les
payerai à vue, à quelques fommes qu'elles puiffent monter ; mon adreffe eft au
Colonel Prim fur la Riviere James à la
Virginie. Car il faut que vous fçachiez que
je fuis un Militaire ; je fuis à la tête de
la Milice de Virginie, & j'ai la commiffion de Juge de paix pour les Pays de
James, d'York & de Glouceffer. Je le

remerciai de fa politeffe ; & lui ayant ouvert ma garde-robe, je le priai d'accepter
les meilleurs habits qu'il y trouveroit. Il
prit un habit bleu galonné d'or, trois
chemifes & quelques autres hardes femblables, parce qu'il avoit tout perdu dans
l'incendie de fon vaiffeau, à l'exception
de ce qu'il portoit fur lui. Il m'offrit un
billet pour le montant de ces hardes ; je
le refufai avec colere, & lui dis que je les
lui confiois jufqu'à ce que nous nous re-
viffions en Angleterre. Les vents ne nous
étant pas favorables, le Capitaine Social
réfolut de relâcher à S. Vincent, l'une
des Ifles du Cap Verd, où nous arrivâmes heureufement, & ancrâmes dans une
Baye fort commode : notre deffein étoit
d'y acheter des vivres, & de faire provifion d'eau fraîche. J'y profitai de l'occafion d'écrire à mon pere, à ma mere, à
tous mes bons amis du pays d'York,
ainfi qu'à M. Bellair & à Mifs Sukey, &
je remis ces lettres avec les inftructions
néceffaires à M. Prim. Nous y paffâmes
le tems fort agréablement ; nous faifions
fouvent des parties de plaifir à terre, &
nos nouveaux camarades étant d'auffi bonne humeur que nous, nous y menions une
vie réellement digne d'envie. Je ne m'a-
muferai point à faire au Lecteur la defcription de ces Ifles, on les connoît affez ;
& d'ailleurs on en trouve des relations
dans tous les livres de Voyage, qui pour-
ront fupléer aux omiffions de cette nature

que je ferai dans tout le cours de mes Aventures.

Deux jours après notre arrivée dans cette
Ifle, il y vint un gros Vaiffeau que le Capitaine Clément reconnut pour un bâtiment
commandé pat le Capitaine Cable, qu'il
avoit vu à la Virginie. Prim, lui & moi,
& deux ou trois autres perfonnes de notre
compagnie, nous rendîmes fur fon bord,
& il fe trouva que la plus grande partie
de la cargaifon avoit été fretée par l'Agent de
M. Prim, & adreffée pour font compte
à M. Ferguson, Marchand de Glafcouw.
Le Capitaine fut charmé de voir fon Pro-
priétaire, & confentit à prendre fur fon
bord, lui, le Capitaine Clément, & l'é-
quipage de fon vaiffeau, & de les conduire
dans le Port; & M. Prim s'engagea à
payer un pris convenable au-delà de leur
paffage. Nous fumes parfaitement bien régalés à bord; bientôt après Prim avec l'é-
quipage de fon vaiffeau paffa fur celui du Capitaine Cable, & dédommagea le Capitaine
Social de fon féjour fur fon navire. Il y eut
deux hommes qui voulurent refter à bord du
Haftings, & qui confentirent de paffer aux
Indes avec le Capitaine Social.

Je reftai avec Prim dans le vaiffeau où
il étoit, & deux jours après tous les gens
du Haftings furent invités à un repas à
bord de l'York, où nous fumes régalés de
tout ce qu'il y avoit de meilleur dans le
vaiffeau. Prim & le Capitaine Clément ne
pouvoient fe laffer de nous marquer leur

reconnoiſſance. Nous avions mené avec nous notre Muſique, & nous paſſâmes le jour de la façon du monde la plus gracieuſe. Il y eut le lendemain une fête ſemblable pour eux ſur le Haſtings. Prim amena avec lui une pipe de vin de Madère, & quelques autres rafraîchiſſemens, dont il fit préſent à l'équipage de notre vaiſſeau, pour reconnoître les amitiés qu'il en avoit reçues. Il inſiſta auſſi à nous faire recevoir des proviſions de l'York, qui en étoit extrêmement bien fourni pour ſon voyage d'Ecoſſe. Les deux vaiſſeaux ayant pris à S. Vincent tout ce dont ils avoient beſoin, & le vent ſe trouvant favorable pour ſortir de la Baye, nous levâmes l'ancre, après avoir pris congé les uns des autres. Prim & moi fondîmes en larmes lorſqu'il fallut nous ſéparer. Il m'obligea de recevoir une bague de diamans, comme une marque de ſon amitié, que je reconnus par un préſent de la même eſpece. Il voulut auſſi donner au Capitaine Social une belle montre d'or à répétition, & fit encore quelques beaux préſens aux autres Officiers du Haſtings.

Arrivés en pleine mer, nous nous ſaluâmes réciproquement de tous nos canons, & bientôt nous perdîmes leur vaiſſeau de vue.

Je fus extrêmement ſatisfait d'avoir trouvé l'occaſion d'écrire en Angleterre à mes chers amis, que je ſçavois devoir être fort inquiets de ma ſanté.

I 3

CHAPITRE XLVI.

*Ils font en danger de périr par une colon-
ne d'eau. Il eft délivré d'un grand péril
par fon domeftique. Mort du Capitaine Social. Une tempête les jette hors de
leur route vers le Sud. Ils fe trouvent
dans un grand befoin. Ils prennent terre,
& abordent au Cap de Bonne-Efpérance.
Ils y radoubent leur vaiffeau, & conti-
nuent leur voyage.*

CEtte rencontre de Prim répandit dans
mon ame un calme qui me fut très-
falutaire. Il n'y a que ceux qui ont effuyé
de longs & ennuyeux voyages, qui puiffent
s'imaginer le plaifir que l'on goûte en
trouvant, fi loin de chez foi, un ami ou
un compatriote. Il femble que l'on jouit
pleinement de tout ce que l'on a quitté : une pareille entrevue laiffe dans l'efprit quantité d'idées agréables , & de
fouvenirs qui adouciffent toutes les fatigues
actuelles. Nous touchâmes à Sainte Helene ,
où nous ne reftâmes que deux jours ;
après quoi nous voguâmes dans la latitude
du Cap. Mais un matin nous aperçûmes
ce que les gens de mer apellent une Trombe
de mer , & nous en fûmes d'autant plus
furpris , que ces phénomenes font affez
rares du côté du Cap. Pour moi , je le regardai comme un de ces effets furprenans.

de la nature ; mais je n'en apréhendai
pas moins quelque danger. Nous en étions
fi proche, que nous pouvions facilement
voir monter l'eau le long de cette colonne
d'air ; & nous fumes obligés de virer de
bord, pour éviter les fuites fâcheufes qui
auroient pu en arriver, fi cette colonne
étoit venue à fe crever. C'étoit une chofe
affez plaifante que d'entendre raifonner
fur ce phénomene les Matelots fuperftitieux.
Pour moi, je le regardai comme une
chofe toute naturelle, qui fert à éclaircir
& démontrer la vérité de la nouvelle
Philofophie. Je regardois attentivement,
& j'épiai le moment où cette colonne dif-
paroîtroit : pour cet effet, je m'étois avancé plus qu'à l'ordinaire à une des fenêtres
de ma chambre, lorfque le vaiffeau eut une
fecouffe violente, qui me jetta dans la
mer. Je me débarraffai comme je pus,
après la premiere furprife, & je me mis
à nager après le vaiffeau qui avançoit
confidérablement. Comme je m'étois trouvé feul dans la chambre, j'apréhendai
qu'on ne fe fut point aperçu de mon
accident. Heureufement Truman mon domeftique m'aperçut luttant contre les flots,
& faifant tous les efforts poffibles pour m'é-
lever au-deffus de l'eau. Il me reconnut ;
& difant à celui qui étoit auprès de lui,
ce qu'il venoit de voir, il fauta auffi tôt
à la mer pour venir à mon fecours. Il
étoit excellent nageur, & ne tarda pas
à me joindre. Il vint tout à propos, car

I 4

je commençois à perdre mes forces ; &
se glissant sous moi, il me soutint sur
son dos, jusqu'à ce que le vaisseau ayant
été suffisamment instruit de mon accident, on serra les voiles, & on mit en
mer la chaloupe qui vint nous prendre
plus morts que vifs, & nous porta à bord.
Quand nous eûmes repris nos sens,
chacun me félicita de mon heureuse délivrance. Pour moi, je fus si touché de
l'action de Truman, que je crus ne pouvoir
jamais assez reconnoître son affection & son
attachement : aussi depuis ce moment j'eus
pour lui beaucoup plus d'égards ; je le
mis à la tête de toutes mes affaires ; &
trouvant qu'il avoit la tête aussi bonne que
le cœur, je n'entrepris plus rien, sans
avoir auparavant pris ses avis ; & cette
confiance m'a procuré bien des avantages,
comme on le verra dans la suite de mes
aventures. Le pauvre Capitaine Social eut
dans le même tems une attaque de goutte, dont il étoit tourmenté depuis bien
des années ; mais pour cette fois la goutte
lui remonta dans l'estomac avec tant de
violence, que, malgré tous les soins de
notre Chirurgien, nous le perdîmes au
grand regret de tous les gens du vaisseau,
qui perdoient en lui un excellent Marin,
un Commandant vigilant, & un homme
plein de bonté & d'humanité. Il fut remplacé dans le Commandement du *Hastings*
par M. Banteley, notre premier Lieutenant,
dont les bonnes qualités pouvoient seules
réparer notre perte. Nous essuyâmes im-

médiatement après la mort de notre Capitaine , vers les 10 degrés de longitude occidentale , & à 30 degrés 8 minut. de latitude méridionale , une tempête violente qui dura pendant quatorze jours fans relâche. Tous nos matelots étoient haraffés ; notre vaiffeau en mauvais ordre , n'alloit plus qu'au gré du vent & des flots ; & fuivant notre eftime , nous fûmes jettés fort loin au fud de notre véritable route. Ce fut alors que je commençai à concevoir & à fentir les inconvéniens & les miferes attachées à la vie de Marin. Faute de pouvoir allumer du feu nous étions forcés le plus fouvent à nous contenter de bifcuit & des provifions froides que nous avions pour fatisfaire notre faim. D'ailleurs nous étions obligés de refter renfermés dans nos chambres , parce que les Matelots les plus expérimentés ne pouvoient tenir qu'avec peine fur le tillac. Le dixiéme jour les vagues rouloient & s'élevoient avec tant de fureur , que nous apréhendions à chaque inftant de voir effondre le vaiffeau. Notre mât d'avant fut renverfé , & nous eûmes beaucoup de peine à le replacer affez à tems pour empêcher le dommage que nous en apréhendions. A peine avions-nous remédié à cet accident , qu'un de nos canons du rang le plus bas fortit de fon fabord. Nous nous attendions à chaque inftant que par la violence du roulis , il briferoit le côté du vaiffeau qui le retenoit. Enfin tout étoit en confufion , fi le Capitaine , avec une préfence d'efprit admirable , n'eût fait pla-

cer tous les hamacs & autres uftenfiles des
lits de l'autre côté, ce qui heureufement
rompit le choc, jufqu'à ce que le danger
fut tout-à-fait paffé. Quand la tempête fut
un peu apaifée, nous fîmes nos obferva-
tions, & nous nous trouvâmes vers les 50
degrés & quelques minutes de latitude méridionale, & 11 degrés 15 minutes de longitude à l'eft du méridien de Londres, dans
la grande mer du Sud. Il furvint un calme
qui dura plufieurs jours; & notre provifion
d'eau diminua fi fort, que nous fûmes réduits à une demi-pinte par jour. Pour fur-
croît de malheur, plus de la moitié de l'E-
quipage fut attaqué du fcorbut, & nos
provifions fraîches étoient fi baffes, que
tout ce que nous avions pu en épargner,
n'étoit pas capable de nous fervir beaucoup
dans le cours de cette terrible maladie. Mais
quelle fut notre furprife, lorfqu'un matin
un matelot qui étoit monté au haut du grand
mât, s'écria : terre, terre ! Nous jettâmes
la fonde, & trouvâmes 50 braffes d'eau.
Nous ne pouvions nous imaginer quelle
étoit la terre que nous avions à notre fud-
eft, lorfque M. Bentley trouva dans une
de fes cartes que ce devoit être un Cap
apellé le Cap de la Circoncifion, qui faifoit
partie des nouvelles découvertes. Je m'attendois alors que notre Commandant alloit
envoyer une chaloupe pour découvrir la
côte ; mais profitant d'un vent de fud qui
s'éleva dans le moment, il gagna au nord-
oueft, & cette route nous conduifit à bon

port en peu de jours à la baye *Saldana*, au Cap de Bonne-Efpérance. Tout le monde en reffentit une joie inexprimable : notre Equipage y fut bientôt remis de fa fatigue & de la maladie. Pour moi, je vifitai avec beaucoup de plaifir les beaux établiffemens que les Hollandois induftrieux ont faits au Cap, en formant une efpece de paradis d'une terre que les Anglois avoient méprifée, & dont toutes les autres Nations n'avoient pas voulu fe charger. Les naturels du pays, qui fembloient incapables d'être policés, & de jamais fe conduire en créatures humaines, commencent maintenant à vivre enfemble, & à former des fociétés fous le gouvernement Hollandois ; ce qui prouve que les naturels les plus féroces font capables d'être aprivoifés, pourvu qu'on y emploie les moyens les plus propres. Nous reftâmes au Cap près de trois femaines ; & après y avoir pris des rafraîchiffemens, & les autres provifions dont nous avions befoin pour le refte du voyage, nous levâmes l'ancre avec un vaiffeau François & deux Hollandois ; & par un bon vent, & le plus beau tems du monde, nous doublâmes ce fameux promontoire, & entrâmes dans l'océan des Indes.

CHAPITRE XLVII.

*Ils font obligés de relâcher dans l'Ifle de
Java. Ils remettent à la voile, & arri-
vent au Fort Saint George fur la côte
de Coromandel. Tompfon y eft fort bien
reçu. Il tombe malade; fe rétablit, &
s'aplique fortement aux devoirs de fon
emploi. Il reçoit des lettres d'Angleterre.*

NOus continuâmes notre voyage pendant plufieurs jours dans cette déli-
cieufe mer avec tout le fuccès poffible.
Rien ne peut, à mon avis, égaler le plaifir que nous goûtions alors. Des vents toujours favorables enfloient nos voiles; le
vaiffeau fembloit glisser doucement fur les
vagues; & fi la chaleur étoit prefque infuportable, nous en étions bien dédomma-
gés; car nous n'avions prefque autre chofe
à faire que de jetter les yeux fur le plus
beau ciel, & de voir la face polie de l'o-
céan où l'on apercevoit jufqu'au fillage du
vaiffeau. Quantité d'oifeaux aquatiques ré-
créoient notre vue; le poiffon volant pour-
fuivi par les *Albicores* voraces, voltigeoient
autour de nous, & s'embarrassoient dans
nos voiles, tandis que les Marfouins fau-
toient de tems en tems au-deffus de l'eau,
& fe jouoient fur la furface de l'onde. Mais
ce tems ne dura pas beaucoup. Il s'éleva un

vent de nord-eſt beaucoup plus violent que
nous n'euſſions voulu, qui nous jetta fort
loin de notre route. Notre Capitaine jugea
à propos de tâcher de regagner cet avantage, & d'atteindre l'Iſle de Sumatra ou
celle de Java. Enfin nous gagnâmes heu-
reuſement la derniere, & jettâmes l'ancre
dans le port de Batavia, capitale du do-
maine des Hollandois, dans cette partie
du monde. Nous y fumes viſités par des
Officiers, qui reſterent ſur notre bord pour
empêcher de faire aucun commerce pro-
hibé, d'autant mieux qu'il eſt rare de voir
nos vaiſſeaux deſtinés pour les Indes, relâcher dans aucun de leurs Etabliſſemens
de ce pays. Cependant, à en juger par la
politique & l'uſage ordinaire des Hollandois, nous fumes aſſez bien traités. On
nous permit d'aller à terre, & d'y acheter
les choſes dont nous avions beſoin. Rien
ne prouve mieux l'opulence de leur Compagnie, & leur puiſſance dans les Indes
Orientales, que cette Ville. On y trouve
toutes les commodités & les agrémens dont
cette partie du monde eſt ſuſceptible. On
ne peut enviſager qu'avec ſurpriſe juſqu'à
quel point de grandeur leur perſévérance
& leur induſtrie les a fait monter depuis
ſi peu d'années qu'ils s'apliquent à ce commerce. Le Gouverneur général des Hollandois y vit en Prince ; il s'y fait rendre plus
d'hommages que les Etats Généraux eux-
mêmes n'en exigent de leurs ſujets en Europe. Après y avoir ſéjourné trois jours &

demi, nous nous remîmes en mer par un
vent de fud-eft, qui devenant toujours plus
favorable, nous porta jufques dans le port
du Fort Saint George, après un voyage
ennuyeux & fatiguant de près de fept mois.
Nous faluâmes le Fort de tous nos canons,
& il nous rendit le même falut. Nous dé-
barquâmes le lendemain, & allâmes rendre vifite au Gouverneur, qui nous reçut
très-poliment. Je fus auffi vifité & compli-
menté fur mon arrivée par le refte des
Gentilshommes & des Facteurs de cette
Place, dont les amitiés furpafferent de
beaucoup l'idée que j'en avois conçue. Le
Fort Saint George eft une Place forte &
bien bâtie, mais dans une mauvaife fituation; le terrein en eft fec & fablonneux,
& ce n'eft qu'à force de foins que les ra-
cines y viennent en maturité. La mer roule
avec impétuofité fes flots fur le rivage plus
qu'en aucun endroit de la côte de Coromandel. La Ville Blanche ou Européenne a
deux Eglifes, l'une deftinée pour les Anglois, & l'autre pour les Catholiques Ro-
mains. Je louai un logement dans un quar-
tier apellé le *Vieux Collége*, qui eft un canton affez defagréable; mais je m'en con-
folai, parce que j'y trouvai plufieurs autres
Facteurs. Cette Ville eft gouvernée par un
Maire & des Echevins. La Ville Noire eft
habitée par des Gentils, des Mahométans,
des Arméniens & des Portugais, qui y ont
chacun des Temples & des Eglifes. La
Compagnie y bat monnoie; & il y a dans

cette Place plufieurs Ecoles publiques. Le
Gouverneur eft le Juge fuprême : il y a
un Confeil compofé pour l'ordinaire de
Facteurs & de Marchands , avec qui il
confere des affaires de la Compagnie. La
Colonie ne fournit guere de marchandifes
de fon cru ou de fes Manufactures dans
les marchés voifins. Le commerce y eft
principalement entre les mains des Arméniens & des Juifs , & les Anglois ne s'oc-
cupent qu'à la conftruction des vaiffeaux.
On compte tant dans la Ville que dans les
Villages , huit mille habitans foumis à la
Jurifdiction de la Compagnie ; & il n'y a
dans tout ce nombre qu'environ cinq cens
Anglois , tant Bourgeois que Marchands ,
mariés & foldats. Le peuple y jouit d'une
bonne fanté, il y a le teint vif & vermeil.
Les chaleurs de l'été font le plus grand inconvénient qu'ils aient à fouffrir ; mais elles
ne durent qu'environ quatre ou cinq heures
par jour ; & il s'éleve enfuite un vent de
mer qui rafraîchit. Le Gouverneur a une
maifon de campagne fort belle , ornée de
jardins vaftes , de boulingrins , d'un étang
rempli de farcelles & autres curiofités femblables. Il ne fort jamais fans être efcorté
par une garde de foldats Anglois ; il vit
avec beaucoup de grandeur , & fait une
figure de Prince. Qu'on me difpenfe de
m'étendre davantage fur la defcription du
pays : ce n'eft point là mon objet ; mais
j'ai cru devoir décrire en peu de mots un
lieu où j'ai paffé quelques années de ma

vie, & où j'ai jetté les fondemens de la
félicité dont je jouis à present.

Bientôt après mon arrivée, j'eus le malheur de tomber malade d'une fievre violente particuliere à ce climat. Je la gardai
long-tems, & elle me mit à deux doigts de
la mort ; mais les foins de mon Médecin,
qui étoit le Chirurgien du Haftings, homme fort fçavant & habile dans ces deux
professions, les services attentifs & affec-
tionnés de Truman, joints à la force de
mon tempérament, me tirerent d'affaire.
Si-tôt que je fus rétabli, je m'apliquai avec
toute l'attention dont j'étois capable, à me
mettre au fait du commerce de ce pays,
& de la nature de l'emploi dont j'étois
chargé. Je fus considérablement aidé en cela
par M. William Saris, qui y avoit résidé
quelque tems en qualité de Facteur. Il étoit
à peu près de même âge & de même caractere que moi : je contractai avec lui
une liaison intime ; de forte qu'en peu de
tems je me vis en état de remplir les vues
que la fortune avoit fur moi, & je me fis
aimer généralement de mes Supérieurs &
de mes égaux. Un mois après mon arrivée
j'eus le plaifir de recevoir des nouvelles de
mon pere & de mes autres amis d'Angleterre par un vaiffeau qui avoit mis à la voile
quinze jours après nous. A la vérité, ces
lettres ne m'aprirent rien d'extraordinaire ;
mais c'étoit toujours une preuve très-fatis-
faifante pour moi de la ponctualité de mes
amis à m'écrire.

CHAPITRE

CHAPITRE XLVIII.

Il envoie Truman en campagne pour trafi-
quer, & en tire de grands avantages. Il
l'envoie aux mines de diamans. Il reçoit
ordre d'aller à Surate pour les affaires
de la Compagnie. Remplit sa commission
avec succès. Est envoyé à Hughly. Se
trouve dans un grand danger dans l'Isle
de Sagar ; s'en échape heureusement, &
retourne au Fort Saint George.

IL y avoit près de six mois que j'étois
dans le pays sans avoir encore osé faire
trafiquer l'argent que j'avois aporté avec
moi, qui montoit à trois ou quatre mille
livres sterlings, tant de mon propre fonds,
que de celui de M. Goodvill. J'avois employé tout ce tems à acquérir de l'expé-
rience, & à faire des observations ; mais
sur-tout à prendre les instructions de mon
ami Saris. Comme je ne voulois pas qu'on
pût m'accuser d'avoir préféré mon propre
intérêt à celui de la Compagnie, & de
m'attacher uniquement à un commerce particulier, je gardai Truman avec moi, comme un ami qui étoit venu pour tâcher de
faire fortune. Je me déterminai enfin à lui
confier une pacotille, & je l'envoyai dans
un des vaisseaux du pays pour voyager sur
la côte de Perse. Saris, qui avoit besoin
d'augmenter sa fortune, fit aussi une pa-

III. Partie. K

cotille ; & pour mieux encourager Truman , qui étoit un homme plein de foli-
dité & de bon fens , nous convînmes enfemble de lui fixer certains apointemens
pour fon droit de commiffion. Je lui avançai une fomme de 200 liv. fterlings pour
trafiquer à fon profit ; & après lui avoir
donné les inftructions convenables , nous
le fîmes partir. Il fut cinq mois à remplir
fa commiffion & il s'en acquitta avec beaucoup d'intelligence & de fidélité. Il nous
ramena des vins & autres denrées dont
nous nous défîmes fi avantageufement ,
que j'eus pour moi près de mille livres
fterlings de profit ; & M. Saris gagna près
de trois cens roupies de plus. Le petit fonds
de Truman fe trouva doublé : il me rendit mes deux cens livres fterlings ; &
avec fon droit de commiffion , il fe vit près
de trois cens livres fterlings en propre , ce
qui me fit un plaifir infini ; car j'étois réfolu de tout faire pour lui procurer une fortune avant que de quitter les Indes. Il avoit
montré dans cette affaire tant de génie &
de capacité , que par la fuite Saris & moi
nous aprouvâmes tout ce qu'il nous propofa pour notre intérêt , & jamais nos efpérances ne furent trompées. Bientôt après
il conçut le deffein d'aller faire un tour aux
mines de diamans ; nous lui fournîmes en
conféquence tout ce qui étoit néceffaire ;
& quinze jours après fon départ , il nous
écrivit qu'il avoit loué un certain efpace
de terrein ; & qu'après l'avoir enclos , il

avoit déjà commencé à fouiller , entouré,
fuivant l'ufage , par des fentinelles du Roi
de Golconde , qui s'emparent de toutes
les pierres dont le poids furpaffe foixante
grains , au profit de ce Roi , & laiffent au
travailleur tout ce qu'il peut trouver d'ailleurs.

Nous fondâmes de grandes efpérances
fur le bonheur qui accompagnoit toujours
les projets de Truman , & nous nous flat-
tâmes que cette entreprife feroit fort avan-
tageufe. Mais je n'en avois encore reçu aucune nouvelle certaine , lorfque je fus envoyé à Surate pour les affaires de la Compagnie : je fus obligé de me rendre dans cette
ville par terre ; j'en fus charmé , trouvant
par là l'occafion de fatisfaire ma curiofité,
& de parcourir l'intérieur du pays. Les
marchandifes que j'avois avec moi, étoient
chargées fur des bœufs , qui dans le pays
portent des fardeaux de 3 à 400 liv. pefant.
Pour moi , fi-tôt que j'arrivai à Mafulipa-
tan , je louai un palanquin ou petit caroffe
avec une baluftrade autour ; il y avoit une
couverture de fatin qu'un efclave faifoit
mouvoir felon la pofition du voyageur par
raport au foleil : un autre portoit une targe
ou efpece d'éventail d'ofier couvert d'étof-
fe , pour le garantir de la chaleur. Un palanquin eft porté fur les épaules de trois
ou quatre hommes , qui marchent auffi vîte
que les porteurs de chaifes font en Angleterre , parce qu'ils s'exercent de très-bonne
heure à ce métier pénible. On donne pour

cela à chaque homme quatre ou cinq roupies d'or par mois : si vous les faites rester
passé une certaine heure , on augmente le
prix. J'étois très-bien muni de provisions ;
nous avions dans les villes des Banians de la
fleur de farine , du riz , du lait & autres nour-
ritures semblables ; & dans celles des Mahométans , nous trouvions du mouton ,
des oiseaux & des pigeons. Comme la
chaleur du soleil y est excessive , je ne
voyageois communément qu'après le soleil
couché , & je restois au lit pendant la plus
grande chaleur du jour. Par ce moyen je
me garantis des maladies ; car je trouvois
que la chaleur excessive du climat me fati-
guoit extrêmement. On mesure les distan-
ces par lieues , ou par une mesure apellée
Gos , qui équivaut à quatre de nos lieues.
J'arrivai en quinze jours à Golconde , Ville
fort vaste sous la domination de son propre Monarque , qui néanmoins est Tribu-
taire du Grand Mogol. Je vis ce Prince
puissant , qui est en état de lever une Ar-
mée de 600000 hommes ; & ce que j'ad-
mirai le plus , fut un diamant de plus d'un
demi pied de long , enchassé dans sa Couronne. De Golconde je me rendis à Visa-
pour , qui en est éloigné de 300 lieues ,
d'où j'allai à Bicholly , & ensuite à l'Isle
Portugaise de Goa , où est située cette fa-
meuse Ville de ce nom , Capitale de tous les
Etats des Indes , & la scène où firent tant
d'exploits héroïques les Albuquerques , &
les autres grands Hommes , qui formerent

les premiers un Etabliſſement dans cette
partie du Monde ; mais ils ne ſe reſſentent
plus guere de ce qu'ils étoient autrefois ,
& ils ſont maintenant le jouet & la victime
des ruſes de toutes les autres Nations qui
ſe ſont établies depuis dans les Indes. Après
avoir vu tout ce qu'il y a de curieux dans
Goa, je me rendis à Surate tant par terre
que par eau , & j'y arrivai très-ſatisfait après
un voyage long & ennuyeux , quoiqu'il
m'ait procuré l'occaſion de voir quantité
de choſes capables de plaire à un curieux.
Surate eſt le ſeul Port qu'il y ait dans les
Etats du Mogol , cette Ville eſt habitée
par un mélange confus de Mogols , de Per-
ſans , d'Arabes ; de Turcs , de Gaures , &
de Francs ou Chrétiens Européens , dont
le nombre cependant n'eſt pas conſidérable. Je fus très-bien reçu au Comptoir des
Anglois ; & après y avoir arrangé les affaires qui faiſoient l'objet de mon voyage ,
je goûtai les plaiſirs & les amuſémens de
ce lieu ; je viſitai avec attention tout ce
qu'il y a de conſidérable dans Surate &
dans les environs. On peut regarder cette
Ville comme la grande Foire des Indes ,
où l'on trouve en abondance toutes les
marchandiſes de la Chine & de l'Europe.
Je paſſai de-là à Bombay , le principal Fort
que nous ayons ſur cette côte ; enſuite je
me rendis dans une Jonque au Fort ſaint
George , où j'arrivai après un voyage d'environ deux mois & demi , & rendis au
Gouverneur un compte exact de ma com-

miffion. A peine étois-je arrivé, que je reçus
un autre ordre pour me rendre au Comptoir de Hughly, pour une affaire importante. Je m'embarquai dans un petit vaiffeau avec deux ou trois matelots du pays.
Ce Comptoir eft fitué fur une Riviere du
même nom, qui eft un bras du fameux
Gange. Arrivé au Fort William, je montrai
mes lettres de créance, & l'on me reçut
avec amitié dans le Comptoir : j'eus pourtant bien des chicanes & des difficultés à
effuyer de la part de quelques perfonnes
en place ; mais je trouvai moyen de faire
ma commiffion avec honneur, & en mon
particulier, je commerçai affez avantageufement pour mon compte ; après quoi j'en
repartis au grand regret de toutes les perfonnes confidérables du pays. En defcen-
dant la riviere, il me prit envie de toucher
à l'Ifle Sagar, quoique j'euffe entendu dire
qu'elle étoit remplie de Tigres qui y font
très-voraces. Les matelots firent tout ce
qu'ils purent pour m'en détourner : ce fut
en vain, & nous y abordâmes. Alors prenant une hache, une arquebufe, quelques
charges de poudre & des balles, je quittai
le vaiffeau, pleinement réfolu d'affronter
tous les dangers qui pouvoient m'arriver,
& de fatisfaire ma curiofité : ce qui m'y
engageoit le plus, c'eft que cette Ifle paffe
pour fainte chez les Païens, & que quantité de leurs Prêtres s'y rendent à la fin de
chaque année pour y adorer leur Divinité. L'Ifle eft remplie de buiffons & de bo-

cages. Je ne fus pas plutôt à terre , que
mes gens s'éloignerent avec le canot qui
m'avoit amené , & fe retirerent dans la
Riviere Rogues où je les vis jetter l'ancre.
Cette circonftance me donna quelques inquiétudes ; mais regardant leur frayeur comme une preuve de leur fuperftition , je
m'avançai dans l'Ifle , & marchai fans m'arrêter jufqu'à une plaine féche & brûlée ,
éloignée d'environ un demi-mille du lieu
où j'avois débarqué. Je n'y fus pas plutôt,
que jettant les yeux de tous côtés , je vis
briller à travers des brouffailles quatre yeux
pleins de feu , tournés de mon côté : j'en
conclus auffi-tôt que ce pouvoit être de ces
animaux dont on m'avoit tant parlé. Ils ne
me donnerent pas le tems de la réflexion ;
mais jettant un cri épouvantable , ils s'a-
vancerent avec toute la rage que pouvoit
leur donner leur cruauté & leur naturel farouche. Il faut avouer que j'en fus effrayé.
J'eus pourtant affez de prefence d'efprit
pour fonger qu'il ne me reftoit aucuns
moyens de me fauver , fi mon fufil venoit
à manquer , & même qu'après en avoir
tué un , il faudroit me défaire de l'autre
avec ma hache , parce que je n'aurois pas
le tems de recharger. J'avois quelquefois
entendu parler de la maniere finguliere dont
quelques perfonnes s'étoient délivrées des
bêtes fauvages , par la frayeur naturelle que
leur infpire la voix de l'homme. C'eft pourquoi je jettai un grand cri ; & en même-
tems tirant mon coup de fufil , j'eus le bon-

heur d'atteindre un de mes ennemis à la
tête. L'autre resta quelque tems dans une
espece de surprise au bruit de mon coup
de fusil ; mais bientôt il s'élança sur moi
avec fureur. Si je fus capable alors de quelques réflexions , ce fut pour maudire la
curiosité folle qui m'exposoit à un danger
si pressant. Je me crus perdu ; cependant
ne voulant rien négliger pour ma défense,
je portai à cet animal un coup furieux de
ma hache , & lui coupai une des pattes de
devant. Il fit un cri si horrible , que l'Isle
& toute la Côte en retentit , & que les
cheveux m'en dresserent à la tête. Il se
jetta une seconde fois sur moi ; mais plus
heureux que la premiere fois , je lui fendis
le crâne , & il tomba par terre roulant
dans des flots de sang. Alors ramassant mon
fusil , je courus à toutes jambes vers le
lieu du débarquement ; & faisant voltiger
mon mouchoir pour donner le signal à
mes gens , le canot revint me prendre pré-
cisément assez à tems pour me sauver d'une
nouvelle attaque : car un grand nombre de
Tigres nous suivirent jusques dans l'eau ,
& nous en tuâmes deux des plus avancés
de trois coups d'armes à feu. Je regardois
ce qui venoit de m'arriver comme une juste
punition de ma témérité , & je me promis
bien de ne point me hazarder à l'avenir
d'une façon si inutile & si ridicule. Si-tôt
que nous fûmes à bord , où on ne s'attendoit plus de me revoir , nous gagnâmes la
Baye ; & après avoir touché à *Ballasor,*

à *Vifagipatan*, & à quelques autres Comptoirs, où je laiffai quelques dépêches dont on m'avoit chargé au Fort William, je débarquai en fûreté avec mes marchandifes au Fort S. George, après une abfence plus longue que je n'avois compté. Mon ami Saris me confeilla de prendre un autre logement; & après en avoir demandé la permiffion au Gouverneur, avec qui j'étois très-bien, nous louâmes une maifon dans la Ville blanche, & prîmes les domeftiques dont nous avions befoin, réfolus de vivre tous les deux enfemble, tant que nous refterions dans le Pays.

CHAPITRE XLIX.

Ils reçoivent des nouvelles de Truman, qui demande fon rapel. Il revient des Mines avec de grands profits. Donne à fon Maître un Diamant de grand prix. Tompfon reçoit plufieurs lettres d'Angleterre. Ce qu'elles contiennent. Il écrit en particulier à M. Goodvill.

NOus n'avions reçu qu'une fois des nouvelles de Truman depuis fon départ : nous en étions inquiets & apréhendions qu'il ne lui fût arrivé quelque accident. Nous étions même fur le point d'envoyer un exprès pour fçavoir ce qu'il étoit devenu, lorfqu'un de fes efclaves arriva, & me remit la lettre fuivante.

III. Partie. L

„ J'ai fait tout mon poffible, Monfieur,
„ pour répondre à votre confiance ; je pen-
„ fe avoir travaillé pour vous affez avan-
„ tageufement ; & quoique ma fanté ait tou-
„ jours été languiffante, je crois n'avoir pas
„ lieu de me plaindre du gain que j'ai fait ;
„ c'eft pourquoi fi vous croyez qu'il y ait
„ affez long-tems que je fuis ici, je ferois
„ charmé de recevoir vos ordres pour re-
„ tourner au Fort S. George. Je vous en-
„ voie un état des plus belles Pierres que
„ j'ai trouvées, toute déduction faite des
„ droits du Roi & de fes Officiers. Je fuis
„ à préfent à Golconde, où j'ai acheté
„ auffi quelques pierres ; mais j'ai une rai-
„ fon très-particuliere de vous deman-
„ der mon rapel. Je n'ofe pas vous l'ex-
„ pliquer par lettre. Faites mes compli-
„ mens à M. Saris, & en quelque lieu que
„ votre intérêt m'apelle, croyez-moi tou-
„ jours, Monfieur, votre, &c. VILL.
„ TRUMAN.

Suivant l'état joint à cette lettre, nous
avions à la vérité lieu d'être fatisfaits de fes
peines. Je fuputai qu'il avoit gagné pour
mon compte la valeur de près de 4000 liv.
fterl. & plus de mille pour M. Saris. Ainfi
je fus bien aife de voir cet honnête garçon, & je lui écrivis de partir fi-tôt qu'il
recevroit mon ordre. J'envoyai cette lettre
par un de mes domeftiques affidés, qui alla
avec le meffager de Truman. Trois femai-

nes après je le vis arriver lui-même ; mais
si fatigué & si changé à cause des chaleurs
qu'il avoit essuyées, que nous eumes peine
à le reconnoître. Je le reçus avec les caresses les plus affectueuses ; car je commençois réellement à le regarder plutôt comme
un frere , qu'autrement. Il nous remit à
chacun ce qui nous revenoit. Ma part se
montoit à plusieurs livres pesant de petites
pierres de différentes grandeurs , dont je
sçavois bien le moyen de me défaire avan-
tageusement, soit là, soit en Europe. Il avoit
fait aussi pour lui-même un profit considérable , & pouvoit alors se vanter de pos-
séder en propre près de mille liv. sterl. Je
le forçai d'accepter un present de 200 liv.
sterl. & M. Saris un de 50 , pour reconnoître les soins & les peines qu'il avoit pris
pour nous. La premiere fois que je me
trouvai seul avec lui , nous arrangeâmes
nos comptes que je trouvai très-justes.
Après quoi il me dit en souriant , qu'il lui
restoit encore quelque chose qui m'apartenoit , & qu'il espéroit que cela joint à d'autres considérations , me détermineroit bientôt à quitter ce mauvais pays ; car à vous
dire le vrai , Monsieur , je ne puis m'empêcher de desirer ardemment de revoir mon
ancien Maître & nos amis du pays d'York,
qui s'impatientent déjà sans doute de votre
absence. A ces mots il tira d'une bourse de
cuir cousue à la doublure de sa culotte, un
diamant d'une grosseur & d'un brillant qui
m'étonna, de maniere que je restai quel-

que tems fans parler. Enfin je le preffai
dans mes bras , & lui demandai par quel
heureux hazard il avoit fait une prife fi
confidérable. Il me répondit en ces termes;
Monfieur , j'étois plus attentif qu'on ne l'eft
d'ordinaire à examiner la terre que mes
travailleurs creufoient : à peine me don-
nois-je le tems de dormir , d'ailleurs comme j'étois d'humeur de payer généreufe-
ment , & que je faifois part de toutes mes
provifions & mes rafraîchiffemens , auffi-
bien aux Infpecteurs du Roi , qu'à mes
propres Efclaves , ils n'éclairoient pas mes
actions de fi près que celles des autres Entre-
preneurs. Un jour je crus avoir vu briller
dans le fable quelque chofe de plus grand
qu'à l'ordinaire ; je ne fis femblant de rien;
& lorfque tout le monde étoit occupé d'un
autre côté , je me baiffai , je mis dans ma
poche ce que je foupçonnois être de grand
prix ; & me retirant à l'écart fur le bord
d'un ruiffeau à l'ombre de quelques arbres
où j'avois coutume d'aller pendant la chaleur du jour , j'examinai ma trouvaille , &
j'aperçus au milieu d'une grape de petites
pierres , ce diamant que vous voyez. J'a-
préhendois d'être découvert , parce qu'il
étoit d'une groffeur fupérieure de beaucoup
à ceux qu'il nous étoit permis de prendre ;
c'eft pourquoi je pris le parti de le coudre
auffi-tôt dans ma culotte de la maniere que
vous avez vu. Graces à Dieu , le voilà
arrivé en fûreté ; je voudrois qu'il fut plus
riche , afin de vous prouver mieux , en

Vous le preſentant, ma reconnoiſſance
pour votre famille, auſſi bien que mon zè-
le & mon affection à votre ſervice. Je luï
fis un preſent conſidérable , & je pris le
diamant en ma garde. Autant que nous pouvions en juger , nous crumes qu'il valoit
plus de vingt mille liv. ſterlings ; de ſorte
qu'en y joignant ce que j'avois gagné d'ailleurs ; je pouvois me regarder comme un
homme fort riche. Notre plus grand ſoin fut
d'imaginer enſuite les moyens de le mettre
en ſûreté, & d'en dérober la connoiſſance
à tout le monde , juſqu'au moment que
nous retournerions en Europe. Enfin j'imaginai de creuſer les talons d'une paire de
ſouliers, de maniere à pouvoir le placer
dans ce trou , immédiatement au-deſſous
de la ſemelle intérieure. C'eſt ce que nous
fimes : par ce moyen il étoit impoſſible
qu'on pût en rien découvrir ; & je portaï
la précaution juſqu'au point d'en faire un
ſecret même à M. Saris mon ami. Si l'idée
de ma chere Louiſe n'étoit pas venue me
troubler de tems en tems, j'aurois pu m'eſ-
timer fort heureux ; mais toutes les fois
que ſon ſouvenir ſe preſentoit à mon eſprit , ce qui arrivoit ſouvent , toutes les
richeſſes que j'avois acquiſes étoient plutôt
pour moi un ſujet de chagrin , par la cer-
titude que j'avois de ne pouvoir en jouir
avec cette aimable fille. Si j'avois quelque
ſatisfaction à retourner en Angleterre avec
de grandes richeſſes, elle ne venoit que de
l'eſpérance d'en faire part à mes parens, de

la joie qu'en auroient mes amis, & du bien
que je ferois en état de faire aux pauvres
& aux malheureux.

Il y avoit déjà quatre ans que j'étois établi aux Indes ; & quoique j'euffe faifi toutes les occafions d'écrire en Angleterre ,
je n'en avois eu aucune réponfe ; ce
qui m'affligeoit beaucoup ; car je ne comptois pas les nouvelles que j'avois reçues
tout en arrivant, ces lettres ayant été écri-
tes auffi-tôt après mon départ. Je connoif-
fois trop bien la ponctualité de mes amis ,
pour douter qu'ils ne m'euffent écrit toutes
les fois qu'ils en auroient eu la commodité ; ainfi j'étois fûr qu'il falloit que leurs
lettres euffent été égarées de façon ou d'autre , à moins que la mort ou les maladies
ne les euffent empêchés d'écrire. Ces inquiétudes ne me laiffoient aucun repos. Truman étoit prefque auffi affligé que moi ; car
il avoit autant d'amour pour mon pere &
pour ma mere , que s'ils euffent été réellement les fiens. Telle étoit ma fituation
lorfque l'arrivée d'un vaiffeau d'Angleterre
vint remettre la tranquillité dans mon cœur,
& m'aporta des lettres toutes nouvelles des
perfonnes qui m'étoient fi cheres. On m'y
marquoit qu'on m'avoit fouvent écrit ; ainfi je conclus qu'on avoit envoyé ces lettres
par des vaiffeaux deftinés pour d'autres parties de l'Afie, & qu'elles avoient été égarées dans les vaiffeaux du pays , ou perdues
dans les voyages par terre. Mon pere , ma
mere , & tous mes amis étoient en bonne

fanté. J'y apris avec beaucoup de joie que mon ami Diaper étoit retourné en Angleterre de deux voyages ; qu'il avoit déjà fait une fortune confidérable , & qu'il venoit de repartir pour un troifieme voyage. Il avoit été furpris au dernier point d'aprendre que j'étois allé dans la même partie du monde d'où il venoit , & très-fâché de ce que l'éloignement de nos demeures rendoit une correfpondance ou une entrevue entre nous impoffible , à moins que le hafard ne s'en mêlât. Son aimable Maîtreffe & toute fa famille étoient en bonne fanté ; & il comptoit au retour de ce troifieme voyage , de s'établir en Angleterre , & de former l'heureufe union , après laquelle il avoit foupiré fi long-tems. J'apris toutes ces particularités par une lettre de M. Diaper le pere ; & Prig me faifoit un long détail de la maniere dont Prim s'étoit conduit dans le pays d'York , où il étoit allé avec mes lettres pour le voir : & en même-tems leur avoit caufé la plus grande fatisfaction du monde , en leur donnant de mes nouvelles. Pendant fon féjour en Angleterre , il avoit effacé par fa générofité tous les préjugés défavorables qu'on avoit eus de lui ; il avoit gagné l'amour de mon pere , & de tous ceux qui l'avoient vu ; & on s'attendoit qu'il viendroit s'établir à Londres avec toute fa famille ; & qu'il profiteroit pour ce voyage du premier vaiffeau qui partiroit de Virginie. Quand le vaiffeau qui m'avoit aporté ces nouvelles, fut fur le

point de repartir, je le chargeai de mes réponfes, & j'écrivis en particulier à M.
Goodvill pour m'obtenir des Directeurs la
permiffion de revenir quand je voudrois en
Angleterre ; car je ne doutois pas que dans
l'intervalle du tems où je pourrois recevoir
cet ordre, je n'euffe un violent defir de revoir ma Patrie.

CHAPITRE L.

Surcroît de bonne fortune. Il remarque la
profonde mélancolie de M. Saris : tâche
d'adoucir fon inquiétude : découvre en
partie la caufe de fon affliction, & l'en-
gage à lui raconter fon hiftoire.

APrès l'aventure des mines de diamant, je fis, à l'aide de Truman, plufieurs entreprifes qui me réuffirent fi bien,
qu'au bout de cinq ans je me trouvai riche
de plus de trente-cinq mille livres fterlings,
en fupofant que mon gros diamant n'en
valut que quinze mille, qui étoit le plus
bas prix auquel je pouvois le mettre. Ce
fuccès heureux ne m'attira ni envie ni reproche, parce qu'on voyoit que je prenois
tous les foins poffibles de mériter l'eftime de
tout le monde, & de remplir fidellement les
ordres de mes fupérieurs. Truman paffoit
pour un de mes parens. La plus grande partie de mes richeffes étoit regardée comme lui

apartenant ; & je tâchois d'entretenir toujours cette opinion. A l'égard de M. Saris,
il n'avoit aporté que très-peu de chose : cependant par la facilité que mon argent lui
donnoit de faire de bons marchés dans l'oc-
casion, il avoit poussé sa fortune jusqu'à
onze mille livres sterlings. Truman possé-
doit plus de deux mille cinq cens livres sterlings, & regardoit cette somme comme
suffisante pour lui faire passer heureusement
le reste de ses jours. En un mot, nous nous
estimions tous heureux ; & contre la coutume de la plupart des Négocians, nous
étions satisfaits & résolus de ne plus tenter
la fortune, & risquer d'essuyer un revers
que nous pensions n'avoir plus à craindre,
si nous pouvions une fois retourner à bon
port en Angleterre. M. Saris & moi vi-
vions ensemble dans la plus grande union,
& on ne nous apelloit que les freres Facteurs. A la vérité son caractere étoit si aimable, il avoit des idées si justes de toutes
choses, & ses actions étoient si désinté-
ressées & si remplies d'honneur, que je
pris pour lui autant d'affection que pour
personne au monde, excepté mon ami
Diaper, à qui je m'étois figuré qu'il ressembloit beaucoup. Mais j'avois quelque
chagrin de le voir depuis long-tems livré à
une mélancolie sombre, dont je n'avois jamais pu découvrir la cause. Il fuyoit les
compagnies, & ne se trouvoit qu'avec répugnance dans celle des femmes. Quoiqu'il
sympatisât beaucoup avec mon humeur, je

ne pouvois m'imaginer qu'il eût pour cela
les mêmes motifs que moi. Je fis tout mon
possible pour diffiper ce chagrin ; & ne
pouvant y réuffir, je cherchai du moins à
en aprendre la caufe. Pour l'engager à m'en
faire confidence, je lui racontai un jour
mon hiftoire. Il m'en parut fort touché ;
mais il perfifta toujours dans la même réferve fur ce qui le regardoit. Nous nous
divertiffions fouvent, fuivant la coutume du pays, à vifiter nos voifins, &
nous nous promenions à la campagne dans
nos palanquins. Quelquefois nous em-
ployons nos momens de loifir à la lecture ;
(car, comme je l'ai déjà dit, j'avois un
affez bon choix de livres) quelquefois la
mufique fervoit à chaffer notre ennui. Une
jeune Dame fort riche & veuve d'un Marchand Anglois, devint amoureufe de Saris. J'en fus fort furpris, auffi bien que tout
le monde, attendu qu'on n'eft occupé dans
ce pays que du foin de faire fa fortune : je
fus furpris, dis-je, de voir ce jeune homme, non-feulement indifférent, mais encore refufer, quoique poliment, la propofition qu'on lui fit de l'époufer. Le parti
me paroiffoit fi avantageux pour lui, que
j'aurois cru manquer à l'amitié, fi je n'euffe
pas fait mon poffible pour lui perfuader de
conclure cette affaire ; mais il me dit, en
foupirant, que je l'aprouverois fûrement,
fi je fçavois fes raifons pour ne plus penfer
aux femmes : & pour fe délivrer de mes
importunités, il me dit un foir qu'il ne

pouvoit plus refufer de fatisfaire ma curiofité , en me racontant fon hiftoire , quelque peine qu'il en dût reffentir ; & fans attendre ma réponfe : il commença ainfi.

_____

Hiftoire de M. Saris , ou le Mari infortuné ,
& le cruel Beau-pere.

QUand je réfléchis aux maux que j'ai
foufferts dans le peu d'années que j'ai
joui de la vie, je ne conçois pas comment
j'ai pu y réfifter fans mourir ou fans en perdre l'efprit ; car je fuis le plus malheureux
de tous les hommes. L'Irlande eft ma patrie , & mon véritable nom eft Fitzgerald,
& non pas Saris. Je l'ai changé en quittant
le pays , de crainte , en le répétant fouvent , de me rapeller le fouvenir de mes
malheurs. Ma mere , qui paffoit pour une
beauté , étoit d'une famille illuftre du Comté de Cavan ; mais elle fut indignement
trahie , fous promeffe de mariage , par un
Seigneur d'un rang diftingué , & je fuis le
fruit infortuné d'un amour dont elle s'eft
repentie jufqu'à l'inftant de fa mort. Elle
jouiffoit d'une fortune indépendante ; ainfi
la trahifon de fon amant , qui en époufa
une autre auffi-tôt que je fus né , ne la mit
pas dans le cas d'effuyer les mauvais traitemens de fes amis & de fes parens. Elle
accoucha de moi dans une ferme éloignée;
& la chofe fut conduite fi fecrettement ,
que peu de gens en ont eu connoiffance.

Elle a toujours, depuis ce tems-là, refusé
de fe marier, quoiqu'il fe foit prefenté des
partis fort avantageux pour elle : & elle
difoit fouvent à ceux qui étoient dans fa
confidence, que quoique le malheureux qui
l'avoit trompée, en eût agi fi indignement,
elle fe croyoit toujours mariée légitimement
à la face du ciel, & que jamais elle ne
violeroit les engagemens qu'elle avoit
contractés. Son unique occupation fut de
m'élever elle-même ; fon extrême tendreffe lui attira la mienne ; & les progrès que
je faifois en tout ce qu'on me montroit,
lui caufoient un plaifir inconcevable. Elle
avoit l'ame noble & généreufe ; elle ne
voulut jamais entendre parler de celui qui
l'avoit trahie, & évita toujours avec foin
les lieux où elle auroit pu le rencontrer.
Pour moi, loin de me faire un fecret de
ma naiffance, elle me dit que je devois réparer la fottife de ma mere, en me fami-
liarifant avec des fentimens pleins de di-
gnité & d'honneur, & me mettre en état
de rendre fervice au genre humain, &
d'effacer par ma conduite, les préjugés
défavantageux qu'on auroit pu prendre contre moi. Mon pere, qu'il ne me fut jamais
permis de voir, mourut lorfque je n'avois
encore que dix ans, & laiffa à un fils de
fon mariage, fon titre & fes biens, à la
charge de payer à ma mere une penfion
viagere de quatre cens livres fterlings, comme une marque de fon repentir, & pour
expier fon crime : ce font les propres ter-

es de fon teftament. Pour moi , il me
laiffa une fomme de deux mille livres fterlings une fois payée. Ma mere fut fi fra-
pée de cette attention de fa part , qu'elle
oublia fa faute ; & pleura fa perte, comme
fi elle eût été fa veuve. Elle vécut encore
fix ans ; mais avec un poids fur le cœur,
qui la fit tomber en confomption , & enfin me l'enleva dans la trente-cinquieme
année de fon âge. Elle me laiffa fous la tutelle du Chevalier Thomas Bourk , avec
un revenu de cinq cens livres fterlings ,
& les deux mille livres dont je viens de
parler. Je demeurai chez ce Gentilhomme
jufqu'à ce que je fuffe en état d'aller à
l'Univerfité. Pour lors il m'envoya continuer mes études à Dublin au Collége de
la Trinité, où je reftai jufqu'à vingt ans à
me perfectionner dans les Belles-Lettres.
Enfuite j'allai demeurer quelque tems à
Paris ; j'y appris le François , & fis mes
exercices pour acquérir les talens néceffaires à un jeune homme qui veut pouffer
fa fortune dans le monde. Je retournai au
bout d'un an en Irlande ; le Chevalier Thomas m'y reçut avec beaucoup d'amitié ;
& je réfolus de demeurer avec lui , jufqu'à
ce qu'il m'eût procuré de l'emploi dans les
troupes ; car c'étoit là l'état où mon inclination me portoit. Ce Gentilhomme étoit
veuf , bien fait , âgé d'environ cinquante
ans. Il avoit toujours vécu dans le beau
monde ; on voyoit un air de diftinction
dans tout ce qu'il faifoit ou qu'il difoit. Je

m'eſtimois fort heureux d'avoir ſa ſociété ;
& de ſon côté, il me témoignoit une affection de pere. Nous avions pour voiſin
le plus proche, un Gentilhomme d'un caractere tout à fait opoſé ; homme naturellement brutal, & à qui le hazard ſeul avoit
procuré un bien conſidérable. Il étoit pro-
ceſſif & envieux, la terreur de ſes voiſins,
le tyran de ſes vaſſaux & le bourreau de
ſa famille. Ses vaſſaux le haïſſoient à mort ;
& ſans les vertus d'une fille aimable &
charmante, qui étoit alors dans la dix-hui-
tieme année de ſon âge, ſa maiſon eût été
un déſert, aucun de ſes voiſins ne ſe ſou-
ciant de ſe lier avec lui. Cette fille réuniſ-
ſoit en ſa perſonne toutes les perfections
du corps & de l'eſprit qui peuvent orner
une femme. Elle avoit un ſi grand fonds
de bonté & d'humanité, que tout le pays
retentiſſoit de ſes louanges. Je ne l'avois
pas encore vue, quoique ce qu'on diſoit
de ſa beauté & de ſon eſprit, excitât beaucoup ma curioſité. Un ſoir, en revenant
de la chaſſe, nous la rencontrâmes qui s'en
retournoit chez elle en chaiſe. Le chevalier Thomas me fit ſigne que c'étoit elle.
Je la regardai avec tant d'attention, que
ſon image eſt reſtée trop profondément gravée dans mon cœur, pour pouvoir jamais
en être effacée. Nous la ſaluâmes, & elle
nous rendit le même compliment ; mais
d'un air ſi bon, ſi ouvert & ſi naturel,
qu'il acheva ſa conquête. Je retournai au
logis abſorbé dans mes penſées. Le Che-

valier Thomas me dit, en fouriant, qu'il
étoit à propos que j'allaffe rendre vifite à
Maloney, & que je trouverois en lui le con-
tre-poifon des charmes de fa fille. En un
mot, je n'eus plus de repos, & je cher-
chois continuellement des prétextes pour
l'aller voir; lorfqu'un jour le Chevalier Thomas m'apprit que Maloney avoit fait em-
prifonner un de fes vaffaux pour avoir chaf-
fé fur fes terres; il me dit en même-tems
qu'il vouloit m'employer comme fon agent
pour le mettre à la raifon; & que par-
là j'aurois une occafion de voir Mifs Jenny. Je treffaillis de joie à cette propofition; & après avoir reçu les inftructions
néceffaires, je courus m'acquitter de mon
ambaffade. Cette maifon étoit à un demi-
mille de la nôtre; & lorfque j'y arrivai,
je frapai près d'un quart d'heure à la porte, fans que perfonne répondit. Enfin un
gros payfan, précédé d'un mâtin, qui n'a-
voit pas plus mauvaife mine que lui, vint
demander ce que je voulois. Va dire à ton
Maître, lui dis-je, que je demande à le
voir, & que j'ai quelque chofe à lui dire
de la part de Sir Thomas Bourk. Le drôle, fans me répondre, rentra dans la maifon, avec un air rechigné, & criant à fon
chien, Jei Towzer, allons-nous-en. Quelque tems après il revint; & ouvrant la porte, il me dit du même ton groffier, que
fon Maître étoit dans fa falle, & que fi
j'avois affaire à lui, je pouvois aller de ce
côté, en me le montrant d'un figne de tê-

te. J'entrai dans la maison ; & trouvant une
porte ouverte à droite, je paſſai dans une
ſalle, où je vis mon Gentilhomme enve-
loppé dans des couvertures, à cauſe d'une
attaque de goutte, & ſon aimable fille tra-
vaillant à l'autre coin de la ſalle. Ah! s'é-
cria t-il, je ſçais votre affaire : vous pouvez dire à Sir Thomas que je pourſuivrai
le procès ; & que ſi j'avois été aſſez fort,
j'aurois lié le coquin de payſan à un arbre,
& l'aurois tué à bout portant, pour le pu-
nir de ſon inſolence. Telle fut la maniére
impolie avec laquelle il me reçut, ſans me
prier de m'aſſeoir, ni me laiſſer dire un
mot ; juſqu'à ce que Miſſ ſe levant de ſa
place, m'aporta une chaiſe, & m'invita à
me repoſer. Cette action & la vue de ſes
charmes me tranſporterent tout à fait. Je
reſtai quelque tems en ſilence, jettant ſur
elle des regards qui la firent rougir. Enfin
je commençai à parler à ſon pere avec tant
de douceur, & cependant de fermeté,
que je vainquis ce naturel farouche & ſau-
vage. Il promit qu'à ma conſidération, cet
homme ſeroit mis en liberté, & qu'il lui
pardonnoit. C'étoit avoir beaucoup gagné ;
mais j'aurois voulu reſter plus long-tems.
Pour cet effet, je m'aviſai d'exalter la ſituation de ſa maiſon, ou plutôt de ſon
château. Il en fut flatté, & ordonna à ſa
fille de me montrer ſes jardins, & tout ce
qui méritoit d'être vu. Elle lui obéit volontiers. Il faut convenir qu'il n'avoit rien épar-
gné pour rendre ce terrein délicieux ; du
moins

moins il me parut tel en y entrant : & fi des parterres réguliers, des cascades bien entendues, des grottes fraîches & des berceaux de feuillages peuvent contribuer aux agrémens d'un jardin, tout cela s'y trouvoit. Je m'y promenai avec cette aimable fille ; mais il régnoit un si grand désordre dans mon cœur & dans toute ma personne, qu'elle n'eut point de peine à s'en apercevoir ; & me dit, avec douceur, qu'elle apréhendoit que je ne fuffe fatigué. Je lui répondis qu'il n'étoit pas possible de l'être dans une compagnie telle que la sienne ; mais que si elle vouloit je me reposerois un peu dans le berceau, à l'extrêmité de l'allée où nous étions, pourvu qu'elle ne me quittât point. Elle me repliqua, en souriant, qu'elle m'y accompagneroit. Nous y entrâmes donc, & nous nous y assîmes. Quelle heureuse situation ! Un petit ruisseau couloit au pied du tertre sur lequel étoit situé ce berceau, & rouloit ses eaux tout autour, en murmurant sur un fond de gravier. Le jasmin & le chevrefeuille mariés ensemble, garnissoient tout le berceau ; on entendoit, des bosquets voisins, le chant des rossignols, & de tems en tems le murmure du vent qui agitoit les feuilles, se joignoit au bruit d'un Triton, qui, de ses joues enflées, lançoit dans l'air un jet d'eau qui retomboit dans un bassin, & que nous apercevions pleinement de l'endroit où nous étions. La Déesse de ces beautés champêtres étoit assise vis-à-vis de moi, & raf-

fembloit en fa perfonne plus de graces que
n'en a l'Aurore ou le coucher du Soleil.
Tranfporté de ma fituation prefente, je m'en-
hardis à lui dire que quoiqu'en cet inftant
je m'eftimaffe le plus heureux des hommes,
j'éprouverois bientôt un revers bien trifte,
fi elle ne me permettoit de lui déclarer une
paffion qui avoit pris naiffance dès le premier inftant que je l'avois vue, & qui du-
reroit jufqu'à ma mort. Elle rougit d'abord;
enfuite elle m'avoua qu'elle avoit conçu
pour moi des fentimens favorables, & que
mes vifites lui feroient plaifir, fi fon pere
y confentoit. O, mon ami ! vous qui avez
fenti ce que c'eft que l'amour, figurez-vous
avec quel tranfport je reçus cette généreufe déclaration. Ma reconnoiffance fut fans
bornes, & j'étois tranfporté de plaifir. Nous
rentrâmes dans la maifon. Son pere la gronda d'avoir refté fi long-tems ; mais je jugeai à propos de flatter fon humeur, &
l'amener au point de m'inviter une fois
pour toutes, de venir quand je voudrois
fumer une pipe avec lui : ce furent fes propres termes. A mon retour, Sir Thomas
fut furpris, lorfque je lui rendis compte du
fuccès de ma négociation ; & il le fut encore davantage, quand le retour de fon
vaffal le convainquit entiérement de la vérité de ce que je lui avois dit. Il m'en félicita ; mais en même tems il m'annonça
que Maloney, à coup sûr, ne voudroit jamais confentir à me donner fa fille, parce
qu'étant Catholique Romain très-zélé, il

la deftinoit à un neveu , Officier au fervice
de France, dans un des Régimens Irlan-
dois , & qu'il étoit déterminé à lui faire
époufer fa fille , & à lui laiffer fon bien.
Cette nouvelle étoit défefpérante pour moi ;
cependant j'étois réfolu de fuivre les mouvemens de ma paffion. Nous prîmes foin
de tenir nos entrevues fi fecretes , que j'a-
vois un libre accès dans la maifon de Maloney , fans qu'il foupçonnât la caufe de
mes fréquentes vifites. Je ne vous amufe-
rai pas plus long-tems du recit des momens
heureux que je paffois alors , & des progrès que je faifois dans le cœur de Miff
Jenny. Au bout de fix mois, j'en obtins la
permiffion de la demander à fon pere ; &
j'employai Sir Thomas Bourk à cette négociation. Rien ne peut égaler la rage dans
laquelle Maloney entra à cette propofition.
Il fe laiffa aller aux invectives les plus baffes & les plus indignes ; enfin il dit grof-
fiérement à ce Gentilhomme de fortir de
chez lui ; & qu'il empêcheroit bien que fa
fille n'eût jamais le pouvoir d'époufer un
bâtard. Vivement choqué du mauvais traitement qu'il avoit fait à mon ami & à moi,
d'abord je voulois me battre avec lui ; mais
l'amour l'emporta fûr ma colere, & je m'a-
pliquai à chercher tous les moyens poffibles pour voir ma Maîtreffe. J'y réuffis en
me déguifant & efcaladant la muraille du
jardin ; & je la déterminai à confentir que
je l'enleverois dans quelques jours , & à
m'époufer, malgré fon tyran. Ce qui m'en-

gagea à précipiter ainſi les choſes, c'eſt que l'on attendoit de jour en jour le Colonel Maloney en Irlande. J'apréhendois que Miſſ Jenny ne put pas réſiſter aux violences de ſon pere pour la faire conſentir à ce mariage : d'ailleurs il lui étoit plus aiſé de s'échaper à preſent , parce que ſon pere n'ayant point encore découvert qu'elle eût plus d'amitié pour moi que pour un autre , lui laiſſoit toujours la liberté d'aller & de venir dans la maiſon & les jardins. Car , pour ne point expoſer cette aimable fille à la brutalité de ſon pere , j'avois prié Sir Thomas de ne point parler de l'inclination qu'elle avoit pour moi; ainſi la démarche que j'avois faite ne lui paroiſſoit qu'une ſimple propoſition , ſans autre motif que l'eſpérance de trouver un bon parti.

Nous convînmes que je me trouverois au lieu indiqué avec deux ou trois amis de confiance , & une échelle de corde pour monter par-deſſus la muraille. Nous devions enſuite aller à Dublin pour y être mariés , & attendre pour notre réconciliation avec ſon pere , ce que le tems pourroit opérer en notre faveur.

Le ſecond jour après cet arrangement projetté , j'engageai dans mon parti trois jeunes gens du voiſinage ; & nous étant pourvus de chevaux & d'armes à feu , nous partîmes pour cette expédition. La nuit étoit ſombre ; ma Maîtreſſe m'attendoit déjà à ſon poſte ; je la fis monter ſur le mur & je la mis à cheval. Déjà mes amis

étoient auffi à cheval ; & je me préparois à
en faire autant , lorfque j'entendis une voix
rude me demander: que venez-vous faire ici ?
Sans doute venez vous voler M. Maloney.
A l'inftant , fans avoir le tems de répondre , je reçus un coup fur la tête qui me
fit chanceler : je lâchai les rênes de mon
cheval , & me tournant vers mon ennemi ,
je tirai l'épée ; je le vis tirer auffi la fien-
ne , & nous nous aprochâmes : mais je fus
affez heureux à la troifieme ou quatrieme
botte pour lui paffer mon épée au travers
du corps , & le renverfer par terre. En même tems je me fentis attaqué par un autre ,
qui s'écria en François , que j'avois tué fon
pauvre Maître. Un de mes amis qui étoit
defcendu de cheval , me délivra bientôt
de celui-ci , comme j'avois fait de l'autre.
Alors nous remontâmes à cheval ; & en-
courageant Miff Jenny , que le danger
avoit prefque fait évanouir , nous continuâmes notre route , & en trois jours nous
arrivâmes , fans aucun inconvénient , à
Dublin , où je fus bientôt en poffeffion de
tout ce que mon cœur defiroit. Sir Thomas
n'avoit pas voulu me feconder , parce que
la prudence demandoit qu'il reftât fur les
lieux , où il feroit vraifemblablement plus
en état de nous fervir , qu'à l'endroit où
nous étions. Je fus furpris d'aprendre par
une de fes lettres que Maloney faifoit chercher fa fille & moi dans tout le pays ; qu'il
avoit juré de fe venger ; & que les deux
hommes à qui leur témérité avoit caufé la

mort , étoient le neveu & fon valet de
chambre qui ne faifoient que d'arriver ,
lorfqu'ils nous virent monter fur le mur.
Il n'y avoit point de tems à perdre ; nous
prîmes foin de nous cacher de notre mieux ,
& nous fîmes agir en notre faveur tout ce
que nous avions de Protecteurs. Après
avoir obtenu du Lord Chancelier la promeffe d'une lettre de grace , fi cela étoit
néceffaire , je laiffai ma femme à Dublin ,
& j'allai paroître aux Affifes pour faire juger le procès. Le Juge , quoique follicité
fortement par Maloney , décida par fa Sen-
tence que l'affaire étoit une rencontre ; &
en conféquence nous fumes abfous de ce
meurtre. Ce miférable n'oublia rien , &
n'épargna ni amis ni argent pour obtenir
une condamnation contre nous ; mais le
cas étoit fi clair , que fes projets indignes
n'aboutirent à rien. Je fus pourtant obligé
de faire venir fa fille devant la Juftice , parce
que Maloney avoit intenté contre moi une
feconde accufation , fondée fur ce que j'a-
vois enlevé une fille en puiffance de fon
pere ; mais au moyen du généreux té-
moignage qu'elle rendit en ma faveur , il
en eut le démenti , & ne réuffit pas mieux
que dans la précédente. Tout le Canton
fut charmé de cette aventure. Son reffen-
timent en augmenta. Il engagea , à force
d'argent , plufieurs coquins à m'affaffiner.
J'en fus inftruit heureufement ; & ne trouvant point d'autres moyens de faire ceffer
de pareilles entreprifes , je lui fis un pro-

cès à mon tour, & obtins un Jugement conformément à son crime. Mais comme ses émissaires étoient ses vassaux, & qu'il les avoit forcés à cette action, en les menaçant de tout son ressentiment, s'ils refusoient de se prêter à ses volontés, ils furent renvoyés absous.

Voyant donc qu'il n'y avoit point d'espérance de l'amener à la raison, je restai tranquille. J'avois dans le pays un bien dans lequel j'allai vivre avec ma femme, & y jouir de tous les plaisirs qu'une pareille union pouvoit me procurer. J'ose bien dire qu'il n'y avoit point dans le monde un couple plus heureux, ni qui se fît tant aimer des autres. Ici le pauvre Saris fondit en larmes, & s'abandonna aux réflexions les plus ameres. Je fis tout mon possible pour le tranquilliser, & il reprit son histoire de la maniere suivante. Après un an de mariage, mon épouse me donna un fils, qui, je crois, est encore vivant, & qui sera sans doute plus heureux que ne l'a été son pauvre pere. Quelques moyens que nous puissions employer pendant tout ce tems-là, son brutal de pere ne vouloit nous voir, ni nous parler, quoique souvent nos carosses se rencontrassent sur la même route. Il se consola de la perte de ma femme, en prenant chez lui une espece de concierge, qui étoit une femme rousse & méchante, qui lui persuada qu'elle avoit eu de lui, quelques années auparavant, un fils dont il prend à present un soin extraor-

dinaire , à deffein de nous faire peine.
Après la naiffance de mon fils , je réfolus
de faire rendre juftice à ma femme dans
une affaire dont je n'avois point parlé jufqu'alors. Un frere de ma mere avoit nommé Maloney pour fon héritier quelques
années auparavant ; & entr'autres chofes ,
il lui avoit laiffé 8000 liv. fterl. pour fa
fille. J'envoyai lui demander cette fomme ;
mais je m'étois bien attendu , qu'il refufe-
roit abfolument de la payer. Il dit à la perfonne que j'avois chargée de lui faire cette
demande , que nous étions des coquins ,
qu'il avoit plus d'argent que moi pour plaider ; & qu'il aimoit mieux dépenfer jufqu'au dernier sheling que de nous en donner
un fol. Sur cette réponfe je formai mon
action contre lui , & l'affaire alloit fon
train , lorfque fous différens prétextes il la
fit évoquer à une autre Jurifdiction. Enfin
j'obtins contre lui des Lettres de Chancellerie ; & après avoir dépenfé de part &
d'autre près de 2000 liv. fterl. je me vis
affuré d'un Jugement favorable , & après
avoir fait connoître au Lord Chancelier
l'indignité des procédés de Maloney. Ce
fut alors que ce démon (car je ne fçaurois
lui donner un nom plus doux) nous fit
propofer un accommodement , & nous envoya pour cela des gens qui nous affuré-
rent qu'il avoit beaucoup de regret de nos
différends ; qu'il defiroit fincérement d'arranger nos affaires , & qu'il falloit fixer un
jour pour aller dîner chez lui , & fceller

notre

notre réconciliation. Grand Dieu! de quelle
méchanceté l'homme n'est-il pas capable!
J'acceptai la proposition pour le bien de
ma femme & de celui de mon fils, & je
defirai que Sir Thomas nous y accompa-
gnât. J'étois bien éloigné de foupçonner
aucune trahifon. Le jour vint ; nous nous y
rendîmes avec ma femme & mon fils, &
il nous reçut avec tous les femblans d'a-
mitié que demandoit l'exécution de fon
noir deffein. Nous paffâmes le tems fort
agréablement : il nous embraffa tous, &
fit prefent à ma femme de quelques bijoux
qui avoient apartenu à fa mere. Après le
dîner nous bûmes quelques bouteilles de
vin à notre heureux raccommodement,
& nous convînmes de fufpendre de part
& d'autre toutes procédures. La Concierge que je ne voyois qu'avec peine, étoit
à table avec nous : ma femme fe plaignit
tout d'un coup qu'elle étoit malade : Sir
Thomas & moi, nous nous fentîmes foi-
bles & étourdis. L'incommodité de ma
femme augmenta ; fon vifage devint noir,
& avant qu'on put avoir du fecours, elle
expira dans mes bras. Quel inftant cruel!
Tandis que je déplorois ce malheur terrible, j'entendis la Concierge dire tout bas
à Maloney : vous voyez, Monfieur, que
la chofe nous a réuffi à la fin. Ces mots me
tirerent de la fituation déplorable où j'étois :
ma tête commençoit à vaciller : cependant
je faifis cette femme au collet, & tirant
mon épée, je lui demandai d'une voix

III. Partie.   N

terrible ce qu'elle difoit à fon Maître ? Elle
devint pâle comme la mort, & alloit me
répondre, lorfqu'un domeftique entrant avec
précipitation dans la falle, fe jetta à genoux, & nous dit, qu'affurément mon
époufe & nous tous étions empoifonnés ;
qu'il avoit acheté la veille, par ordre de
fon Maître, de quoi faire mourir des rats,
& qu'il ne doutoit pas qu'on ne s'en fût
fervi contre nous. Grand Dieu ! quel fpectacle ! Ma chere époufe morte à mes yeux ;
Sir Thomas fans connoiffance ; & moi qui
ne pouvois me foutenir, tandis que les in-
fâmes auteurs de mes malheurs étoient plon-
gés dans l'horreur de fe voir découverts.
Que pouvois-je faire, mon cher ami ?
qu'auriez-vous fait à ma place ? La rage
arrêta le cours de mes larmes, & m'ôta
la parole : je faifis mon malheureux pere,
je lui enfonçai mon épée dans le cœur jufqu'à la garde ; & le laiffant vomir fon ame
criminelle, j'exécutai la même vengeance
fur fa coquine de Concierge : alors ayant
perdu toutes mes forces, je tombai fans
vie fur le corps de ma chere Jenny. Le
Chirurgien & le Médecin que j'avois envoyé chercher, auffi-tôt après m'être aperçu de la maladie de ma femme, arriverent
un moment après. Ils furent frapés de ce
trifte fpectacle ; mais me trouvant encore
quelques fignes de vie, & à Sir Thomas,
& ayant apris par les domeftiques que nous
étions empoifonnés, ils nous firent mettre
au lit, nous donnerent des remedes con-

venables qui nous firent rejetter une grande
partie du poifon , & nous reprîmes nos
fens. Mais il nous refta beaucoup de foi-
bleffe ; & quoique la force de notre tempérament l'emportât fur la violence que la
nature avoit foufferte , le defordre de mes
efprits me caufa une fievre violente qui
me retint dans cette maudite maifon près
de fix femaines , durant lefquelles Sir Thomas fe chargea du foin de mon fils & de
toute ma maifon , & fit faire devant le Juge
les informations convenables qui nous fau-
verent bien des embarras. J'avois pris tellement à cœur la mort de mon époufe ,
que je fus près de fix mois fans recouvrer
ma raifon. Sir Thomas l'avoit fait emporter fi-tôt qu'il fut guéri , & en avoit célé-
bré les obféques d'une maniere convenable. Quand je fus un peu revenu , je lui
fis dreffer un monument avec une infcription ; mais fa mémoire eft encore mieux
gravée dans mon cœur , & fon image n'en
fortira jamais. A cet endroit de fon Hiftoire fes chagrins fe renouvellerent avec
tant de violence , qu'il s'évanouit. Ce ne
fut qu'après bien du tems qu'il reprit fes
fens. Je m'en voulus à moi-même d'avoir
renouvellé fes cruels chagrins par ma curiofité. Je le priai de ceffer & de ne pas
en dire davantage ; mais effuyant fes larmes qui fe faifoient paffage malgré lui , il
acheva fon Hiftoire de la maniere fuivante.
J'étois dans un état fi déplorable , que fans
la confidération de mon fils , encore en-

fant , j'aurois certainement fait quelque coup de défefpoir ; mais la raifon vint à mon fecours , & modéra ma violence. Je réfolus cependant de quitter un pays qui avoit été pour moi le théâtre de tant de malheurs ; & après avoir arrangé mes affaires , qui étoient alors plus embarraffées que jamais , par la fucceffion du monftre qui m'avoit privé avec tant de barbarie de ce que j'avois de plus cher , je chargeai Sir Thomas d'accepter la tutelle de mon fils ; & lui donnant les inftructions néceffaires pour fon éducation, je pris avec moi une fomme de 2000 liv. fterl. & je quittai l'Irlande, réfolu d'aller finir mes jours dans quelque climat éloigné. Le hazard m'adreffa à Londres chez un ami , qui me propofa un Voyage aux Indes Orientales. J'y confentis , & j'arrivai ici environ fix mois avant vous. J'ai apris par des lettres qui me font arrivées nouvellement d'Irlande , que mon fils fe porte bien ; on me preffe fi fortement d'y retourner , que je crois qu'il faut encore prendre ce parti. Je n'ai trafiqué dans ce pays-ci que pour m'occuper , & point du tout dans le defir d'y amaffer des richeffes. Maintenant que vous avez entendu ma déplorable Hiftoire , vous ne devez plus être furpris de ma trifteffe , & de ce que je ne penfe à rien qu'à la mort qui viendra bientôt , du moins je l'efpére , finir mes malheurs & mes peines.

CHAPITRE LI.

Il reçoit la permiſſion de retourner en An-
gleterre. Réflexions ſur le Gouvernement.
M. Saris ſe trouve auſſi en liberté de
partir. Ils envoient Truman avant eux
avec la plus grande partie de leurs effets.
Ils prennent congé de leurs amis. Arri-
vent à Batavia. S'embarquent pour l'Eu-
rope dans un Vaiſſeau Hollandois de la
Compagnie des Indes Orientales , & re-
lâchent au Cap de Bonne-Eſpérance.

IL ſe paſſa plus d'un an juſqu'à ce que
je reçus des nouvelles de M. Goodwill
& de mes autres amis ; je rendis graces à
Dieu de ce qu'il ne m'étoit arrivé aucun
accident pendant tout ce tems - là. M.
Goodwill m'envoya l'ordre que je lui avois
demandé. Son oncle l'avoit obtenu à ſa
ſollicitation, & il étoit daté du tems que
la lettre avoit été écrite. Il contenoit un
congé de quitter le Pays & mon Comptoir
ſix mois après que j'aurois reçu cet ordre.
J'allai trouver le Gouverneur, & lui montrai ce congé. Il me reçut de la façon
du monde la plus polie ; je n'en fus pas ſurpris, car depuis l'inſtant de mon arrivée,
il avoit toujours eu beaucoup d'égards pour
moi , & j'avois tâché de les mériter par
la déférence & les attentions que l'on doit

toujours avoir pour ſes Supérieurs. Il y a
de certaines gens qui ſont toujours mécon-
tens ſous quelques Gouvernemens qu'ils ſe
trouvent. L'homme né libre, cherche naturellement à jouir de tous les priviléges
qui font ſon partage ; mais quelquefois il
porte trop loin ſes prétentions, & oſe faire
une comparaiſon entre celui qui le gouverne
& lui. Il s'imagine fauſſement qu'un tel
homme devroit avoir des talens & des qualités beaucoup plus étendues qu'il n'apartient à des êtres finis. Il le voit ſujet aux
mêmes foibleſſes que lui, & murmure contre les Puiſſances, qu'il accuſe de peu de
diſcernement pour avoir établi un ſujet auſſi
borné pour le conduire. Le Juge de la Nature humaine, à qui nous ſommes rede-
vables de ces regles & de ces préceptes ſu-
blimes, qui ſous différentes formes régiſſent
la partie civiliſée du Monde, n'a jamais
voulu examiner les bonnes ou mauvaiſes
qualités d'un Prince. Il ſuppoſe même, ou
ſemble ſuppoſer que la Providence a le
droit d'établir des Magiſtrats, lorſque ré-
pondant à la queſtion embarraſſante des Juifs,
il ne voulut point traiter Céſar d'Uſurpateur
& de Tyran, quoiqu'il le fût réellement ;
mais il ſe contenta de leur dire : donnez à
Céſar ce qui apartient à Céſar, & à Dieu
ce qui eſt à Dieu. Il eſt certain que le Ciel,
dans la ſage diſpoſition qu'il a faite des choſes, deſtine les hommes à différens emplois ; les uns pour gouverner, & les autres pour obéir. Mais leurs obligations étant

réciproques, si les uns ou les autres violent le contrat fait par le Ciel, ce contrat devient nul; & il faut, pour y remédier, embrasser les moyens les plus convenables, pourvu qu'ils n'attaquent point les Loix générales de la Nature, ni les régles & la conduite de la Providence. C'est assez que les biens & la personne des particuliers soient en sûreté; on doit laisser aux gens en place les mouvemens & les ressorts secrets du Gouvernement. Croyons toujours qu'ils ont des raisons pour agir comme ils font; & n'allons pas par des examens inutiles pénétrer dans les actions dés Supérieurs: ne risquons point de blesser nos ames par des jugemens que le mécontentement & la mauvaise humeur produisent. Tout Gouverneur, sans doute, est obligé de consulter le bien de ceux qu'il gouverne, & il n'y a point d'obligation pour ceux-ci de se soumettre à l'opression & aux injustices produites par une mauvaise administration; mais il ne faut point grossir nos maux & augmenter nos chagrins, en les envisageant à travers un milieu faux & trompeur. Nous sommes heureux ici; George regne sur les cœurs, comme sur les personnes de ses sujets, avec douceur & bonté. Nomme-t-il des Ministres? il les croit capables de remplir sa confiance, & de le diriger quand il est question du bonheur de son Peuple. Semblables aux petits ruisseaux qui coulent de leur source, tous nos Magistrats ont aussi la leur; tâchons de cacher leurs fautes, plu-

tôt que de les divulguer, fi elles n'ont pas
d'autres mauvaifes fuites que celles qui en
réfultent naturellement. Chaque département ne fçauroit avoir un Hallifax ou un
Montague. O Montague ! que nous venons
de perdre, & dont nous avons été privés
trop tôt pour le bonheur du Monde ! tant
que la vertu fera refpectée du genre humain, tant que le mérite fera eftimé des
gens de bien, tant que le Commerce fleu-
rira dans cette Ifle, tant que la franchife &
la bonté de cœur pourra contribuer au fou-
lagement des malheureux, tous ceux qui
ont entendu parler de toi & de ton caractere, pleureront ta perte. Tu illuftrois
ton rang ; ta naiffance & tes hauts emplois
n'ont fervi qu'à faire briller de plus en plus
la nobleffe de ton ame. Il me femble te
voir avec cette humanité qui t'apartenoit fi
bien, écouter avec attention le récit de
quelques malheurs, & nous tendre une
main toujours prête à réparer nos maux.
Qu'on me pardonne une digreffion à laquelle le fouvenir d'un des plus grands Hommes m'a entraîné malgré moi.

J'avois quelques inquiétudes à l'occafion
du pauvre Saris ; je ne fçavois s'il avoit pris
des précautions vis-à-vis de la Compagnie,
& s'il pourroit auffi quitter le Fort S. George
en même tems que moi, comme je le dé-
firois : mais lorfque je lui communiquai ma
penfée, il me dit qu'il avoit la liberté de
partir quand il voudroit ; qu'il en avoit obtenu la permiffion de même que moi par le

moyen d'un ami ; & que quand je partirois, il
profiteroit de ma compagnie pour retourner
en Angleterre. Nous commençâmes aussi-
tôt à arranger nos affaires, & sur-tout à dif-
poser nos comptes pour la Compagnie avec
le Gouverneur, qui fut fort satisfait de notre exactitude. Quand Truman vit que nous
disposions tout pour notre départ, il fit des
sauts & des gambades de joie, & ne put
modérer ses transports. On auroit cru qu'il
avoit perdu l'esprit. Devenu un peu plus
tranquille, il nous conseilla d'aller à Batavia, & de nous y embarquer dans un
Vaisseau Hollandois pour passer en Europe ; car nous avions apris que la guerre
étoit déclarée entre les Anglois & les
François, quoique les hostilités ne fuf-
sent pas encore commencées dans les mers
des Indes. Truman, lui dit Monsieur Saris,
avec la permission de M. Thompson, nous
vous enverrons en Angleterre avec la meilleure partie de nos effets sur la flotte Hol-
landoise, & vous partirez la semaine pro-
chaine pour vous rendre à Batavia : pour
nous, nous profiterons de quelques vaisseaux particuliers qui partiront d'ici à six
mois. Truman eut peine à goûter cet arrangement ; son affection ne lui permettoit
pas de me quitter ; mais voyant que nous
le désirions tous les deux, il travailla, quoiqu'avec peine, aux préparatifs de son départ ; & un mois après, l'ayant équipé pro-
prement, nous l'envoyâmes à Batavia dans
un petit vaisseau qui, à son retour, nous

raporta la nouvelle qu'il étoit embarqué en bonne fanté, & qu'il avoit pris la route du Cap de Bonne-Efpérance. Je gardai mon gros diamant & une certaine fomme d'argent. A l'égard de mes autres effets, je les adreffai à mon pere, à M. Diaper & à Truman, pour les garder jufqu'à mon arrivée. A notre féparation, Truman me toucha beaucoup, & me ferrant refpectueufement dans fes bras, il me pria de me conferver, & me fouhaita un prompt & heureux retour. En un mot, nous répandîmes tous les deux des larmes, & je payai ce tribut avec plaifir à un homme fi fidelle, fi jufte, fi défintéreffé, & qui avoit fi bien mérité mon eftime & mon amitié. Nous lui fouhaitâmes un bon voyage, & nous nous féparâmes. Il faut avoir goûté le plaifir de connoître un agent & un domeftique fidele, pour pouvoir fentir combien cela influe fur la fatiffaction de la vie. Le véritable fecret de fe procurer cet avantage, eft de bien convaincre un domeftique que l'on cherche fincerement fon intérêt; pour lors il lui eft tout naturel de chercher le vôtre, parce qu'il fent que fon bien-être en dépend. Les gens de la plus baffe efpéce font capables de goûter & de pratiquer les principes les plus nobles, & conféquemment ils le feront, à moins qu'ils n'en foient détournés par les mauvais traitemens & la hauteur de ceux à qui ils ont affaire. Voulons-nous avoir des domeftiques bons & fideles ? tâchons par nos actions de paroître bons à

leurs yeux, ils apréhenderont à coup sûr
de suivre d'autres maximes. Le tems de
notre départ arrivé, nous prîmes congé de
tous nos amis, & fûmes fêtés par tous les
honnêtes gens de la Ville, qui marquerent
beaucoup de regret de notre séparation. Le
Gouverneur & les Facteurs nos Confreres,
s'empressoient à l'envi à nous faire des presens de ce qu'ils croyoient capable de rendre notre voyage plus gracieux. Comme il
ne se trouva point de flotte ni de vaisseau
particulier qui allât en droiture en Europe,
nous résolumes de prendre la même voie
que Truman; nous arrivâmes à bon port à
Batavia, où nous ne tardâmes pas à trouver une commodité pour passer en Hollan-
de dans le *Yfrow Christiana*, vaisseau commandé par le Capitaine Vander Speigel.
Ce vaisseau étoit fort, monté de quarante
canons, & de 170 hommes d'équipage.
Nous eûmes peine à obtenir du Gouverneur Van Bluck la permission de nous y
rendre en qualité de Passagers. Enfin l'ayant
obtenue, nous fîmes enregistrer nos effets,
& nous embarquâmes. Avant que de passer
la Ligne, nous perdîmes notre Capitaine,
qui étoit un des plus grands brutaux qu'il
y eût au monde. Il étoit presque toujours
ivre, & mourut à force de boire des liqueurs fortes qui lui avoient brûlé les en-
trailles. Il fut remplacé par un fort aimable
homme, apellé le Capitaine Beeckman.
Comme si la vie de son prédécesseur eût
été un obstacle à notre voyage, le vent,

qui jufqu'alors nous avoit été contraire,
changea entiérement , & nous porta en
peu de tems au Cap , où nous encrâmes
fur la même ligne que deux Vaiffeaux Hollandois & trois Anglois de la Compagnie
des Indes Orientales. Nous tirâmes nos canons pour faluer les Forts & les Vaiffeaux,
qui nous rendirent les mêmes faluts coup
pour coup.

Fin de la troifieme Partie.